가짜 옹고집이
진짜 옹고집

가짜 **옹고집**이
진짜 **옹고집**

초판 1쇄 발행 2025년 1월 1일

글 김혜원   그림 순미
펴낸이 김동호   펴낸곳 키위북스   편집장 김태연   편집 김도연, 박주원   꾸민곳 디자인 su:
주소 경기도 고양시 일산동구 중앙로 1079, 522호
전화 031-976-8235   팩스 0505-976-8234
전자우편 kiwibooks7@gmail.com
출판등록 2010년 2월 8일 제 2010-000016호

ⓒ 김혜원 2025

ISBN 979-11-91748-96-3 74810
        979-11-85173-40-5 (세트)

가짜 옹고집이 진짜 옹고집

글 김혜원 | 그림 순미

키위북스
KiwiBooks

여는 글

진짜는 옳고
가짜는 그른 것일까요?

만일 어느 날 갑자기 나와 똑같이 생긴 사람이 나타나면 어떨까요? 그런 일은 영화에서나 가능하다고요? 그럼 나와 일란성 쌍둥이 같은 AI(Artificial Intelligence, 인공 지능) 로봇이 있다고 상상해 보아요. AI 로봇이 나를 대신해 수학 시험을 보고 체육 시간에 뜀틀 수행 평가도 치르는 거예요. 내가 해야 할 어렵고 힘든 일을 AI 로봇이 군말 없이 척척 해내면 정말 신나겠지요?

하지만 AI 로봇이 갑자기 "내가 진짜야!"라고 우기면 어떡할까요? 친구와 선생님, 심지어 부모님까지 나를 알아보지 못하면 어떤 방법으로 나를 증명할 수 있을까요? '도둑맞은 나'를 되찾는 과정은 생각보다 훨씬 어려울지도 몰라요.

　요즘은 사실과 왜곡 사이에서 참과 거짓을 가려보아야 하는 뉴스가 많고 다른 사람인 척 사칭하는 일 역시 많아져서 진짜와 가짜의 대결을 심심치 않게 볼 수 있어요. 진짜를 본떠서 만든 가짜는 잘 쓰면 유용하지만 악용되면 부작용이 어마어마해요.

　〈옹고집전〉은 우리에게 생각할 거리를 주는 옛이야기랍니다. 현대 사회의 뜨거운 이슈인 진짜와 가짜의 겨루기 한판을 다루거든요. 진짜 옹고집이 자신이 진짜라고 우기는 가짜 옹고집과 싸우면서 참된 자기 모습을 찾아가는 여정이 흥미진진해요.

　〈옹고집전〉이 지금까지 사랑받는 이유는 등장인물이 긍정적으로 바뀌기 때문이에요. 진짜보다 더 진짜 같은 가짜를 이기고 내 자리를 회복하려면 변화와 성장의 과정을 거쳐야 한다는 메시지를 담은 점이 매력적이지요. 가짜 옹고집은 집주인 자리를 차지하는 데서 그치지 않고 허물투성이인 실제 옹고집과는 백팔십도 다른 이상적인 모습을 보여요. 착한 일을 하며 바르게 살아서 가족 구성원은 물론 마을 사람들에게도 지지와 존경을 받는 대상이 된답니다. 그래서 진짜 옹고집 역시 어머니께 불효하고 스님을 욕보이며 이웃을 괴롭히던 몹쓸 심보를 버리고 새사람으로 거듭나지요.

이처럼 〈옹고집전〉은 진짜는 옳은 것, 가짜는 그른 것이라는 이분법적인 사고에서 벗어난 것이 특징이에요. 가짜를 통해 진짜가 나아가야 할 방향을 찾고 새로운 삶의 모습을 추구하는 점이 돋보이지요. 진짜인 내가 중심을 잡고 좋은 사람이 되려고 노력하면서 살아야 가짜에게 휘둘리지 않는다는 깨달음을 준답니다. 그래서 진짜 옹고집과 가짜 옹고집이 옥신각신 다투는 과정을 현대 우리말로 옮기는 과정이 무척 의미 있었어요.

이야기를 각색하면서 다양한 이본을 읽었어요. 이본은 '문학 작품에서 기본적인 내용은 같으면서도 부분적으로 차이가 있는 책'을 말해요. 열 개 남짓한 작품을 살펴보았는데 조금씩 다른 화소로 고유한 색깔을 드러내는 것이 인상적이었어요.

여러분도 옹고집이 펼치는 이야기를 재미있게 읽고 가족이나 친구에게 전해 보세요. 진짜와 가짜의 대결이라는 중심 줄거리는 그대로 두되 나머지 내용은 더하거나 덜어 내며 나만의 이야기를 만들어도 좋아요. 유쾌하고 익살스러운 옛이야기의 세계를 즐겁게 여행할 수 있을 거예요.

이야기 나무를 심고 가꾸는
김혜원

차례

심술 맞은 옹고집

　조선 시대 경성도 땅 옹진꼴 옹당촌에서 있었던 이야기예요. 성이 옹씨인 재상이 하나 살았는데 재물이 많아 살림은 넉넉했고 공을 세워서 이름도 널리 알렸지요. 하지만 슬하에 자식이 없어 매일 한탄하면서 세월을 보냈답니다.

　그렇게 지내기를 여러 해, 하늘은 무심하지 않았어요. 어느 날 재상의 부인이 태기(몸에 아기가 생긴 느낌)를 느꼈지 뭐예요. 조심조심 열 달을 보내고 드디어 아들을 낳았어요. 생일은 옹년 옹월 옹일 옹시였지요.

　늦게 얻은 아이였으니 얼마나 귀했을까요? 옹 재상 부부는 금이야 옥이야 아들을 아끼고 소중하게 여겼어요. 어찌나 애지중지했는지 오줌을 싸면 얼른 마른자리로 옮겨 누이고, 더우면 시원한 곳에

데려가 먹이고, 추우면 따뜻한 자리를 찾아 재우면서 사랑으로 길렀어요. 덕분에 아이는 살이 포동포동 찌며 무럭무럭 자랐지요.

그런데 마을에서는 이 아이를 "옹고집, 옹고집아!" 하고 불렀어요. 아이에게는 담창이라는 멋진 이름이 있었지만 사람들 사이에서는 그냥 옹고집으로 통했지요. 성품이 억세고 모진 데다 고집이 쇠심줄처럼 세어서 안성맞춤인 별명이었어요.

쑥쑥 자라서 어른이 된 옹고집은 좋은 옷을 입고 좋은 음식을 먹으며 남부러울 것 없이 떵떵거리며 살았어요. 부모님께 거저 물려받은 재산 덕이었지요.

옹고집의 집은 궁궐처럼 으리으리하고 집안 살림살이도 차고 넘쳤답니다. 앞뜰에는 높다란 담벼락만큼이나 곡식 자루가 수북하고 울타리 밑 빼곡한 벌통에는 큰 벌, 작은 벌이 앵앵거리며 바삐 꿀을 모았어요. 잘 자란 소나무와 잣나무가 병풍처럼 늘어선 번듯한 오동나무 정자는 호화롭기 그지없었지요.

사랑채 앞 풍경도 더없이 화려했어요. 집 안에 아름다운 자연을 통째로 옮겨 온 듯했어요. 멋진 돌무더기 위에 지은 정자가 호수처럼 넓은 연못에 비친 모습은 한 폭의 그림 같았답니다. 바람이 불면 정자 처마 끝에 달린 풍경이 딸랑딸랑 맑고 은은하게 울렸어요. 통통하게 살이 오른 연못 속 금붕어는 그 선율에 맞추어 춤추는 듯 물결 따라 어울려 노닐었지요.

널따란 정원에는 가지각색의 꽃과 나무가 그득했어요. 동쪽 뜰에는 모란꽃 봉오리가 오가는 이의 눈길을 끌었고 살랑살랑 부는 봄바람에 바닥으로 우수수 떨어진 진달래 꽃잎은 비단을 깔아 놓은 듯이 고왔지요. 서쪽 뜰에는 초여름에 조롱조롱 달릴 앵두처럼 앙증맞고 귀여운 앵두꽃이 만발했어요. 꽃이 활짝 웃는다는 말에 딱 들어맞게 피어오른 철쭉과 함께 복사꽃도 질세라 사랑스럽고 눈부시게 꽃을 피웠지요.

또한 처마의 네 귀퉁이마다 추녀(처마는 건물 벽면보다 튀어나온 지붕의 밑부분으로 추녀는 처마가 맞닿은 부분에 있는 네모지고 큰 서까래를 가리킨다.)를 달아서 지은 팔작집이라 집 밖에서 보아도 위세가 등등했어요. 방과 방 사이에 있는 큰 마루, 무늬가 휘황찬란한 난간, 가는 살을 가로세로로 좁게 댄 창문은 모두 대단한 부잣집에서나 볼 수 있는 것이었어요. 그러니 집 앞을 지나는 이들이 하나같이 놀라서 입을 떡 벌렸지요.

그뿐인가요. 안팎 걸쇠와 구리 돌쩌귀(문틀의 양옆 기둥인 문설주에 문을 달 때 쓰는 쇠붙이 한 쌍으로, 문이 잘 여닫히도록 하나는 문설주에 다른 하나는 문에 단다.) 하나 허투루 단 것이 없었어요. 문과 창문의 손잡이에는 꿈틀대는 용이 새겨져 있고 꽃과 풀이 가득한 여덟 폭 병풍은 어찌나 화사한지 벌과 나비가 진짜인 줄 알고 날아들 정도였지요. 구석구석 화려하고 정교한 집 안의 꾸밈새가 여간해서는 구경조차 힘든 값비싸고 귀한 것이라 주변 사람의 부러움을 샀답니다. 아름답고 고운 집에서 옹고집의 며느리는 비단을 짜고 딸은 곱게 수를 놓으면서 지냈는데 그 모습이 오순도순 다정했어요.

이 같은 풍경과 전혀 어울리지 않는 사람이 하나 있었는데 그건 바로 집주인인 옹고집이었어요. 앞서 말한 대로 이런 평온하고 화목한 분위기와는 완전히 다르게 성질머리가 아주 고약했지요. 옹고집이라는 이름처럼 억지가 심하고 자기 생각을 우기기만 하는 성격에다 천하에 몹쓸 심보로 유명했어요.

옹고집은 온종일 빈둥거리며 호사를 누렸어요. 옹고집이 유일하게 하는 일은 막무가내로 심술을 부리는 것이었지요.

이제 막 모내기를 끝낸 논 옆을 지날 때였어요. 하인 돌쇠가 얼마 전까지 황토빛이었다가 모를 심어 초록색 옷으로 갈아입은 논을 바라보며 싱글벙글했어요.

"나리, 저기 좀 보십시오. 작물을 심을 때는 단비가 내려 도와주더니 지금은 하늘이 쾌청해 들판의 모가 무럭무럭 자라고 있습니다. 올해는 풍년이 들 것 같습니다."

돌쇠의 말을 들은 옹고집은 못마땅하다는 듯 입을 삐죽댔어요. 눈을 치켜뜨고는 눈알을 이리저리 굴리더니 인상을 팍 찌푸렸지요. 들판의 곡식이 잘 자라고 알차게 여물어서 수확이 많으면 좋은 일인데 말이에요.

"야, 이 녀석아. 아침부터 재수 없게 풍년 타령이냐?"

"네? 그, 그게 무슨 말씀이신지……."

돌쇠는 의아해하며 되물었어요.

"너는 우리 집에서 일한 지가 벌써 몇 년째인데 머리가 그렇게 안 돌아가느냐? 생각해 봐라. 풍년이 들어서 가을걷이 뒤에 곳간이 가득 차면 누가 나를 찾아오겠느냐? 농사가 폭삭 망해서 사람들이 배를 쫄쫄 곯아야 나에게 와서 아쉬운 소리를 할 것 아니냐?"

옹고집은 사람들이 힘들게 농사를 짓든 말든 굶주리고 빚더미에 시달리기를 바랐어요. 그래야 비싼 이자로 곡식을 빌려줄 수 있으니까요. 어찌나 마음씨가 못되었는지 가뭄이 길거나 비 피해가 심하면

신이 나서 덩실덩실 춤을 추었어요.

나쁜 성미는 이뿐이 아니었어요. 변덕이 죽 끓듯 해서 기분이 좋지 않으면 자기 집 앞을 지나가는 이들을 불러 공연히 트집을 잡기 일쑤였어요.

"이놈들아, 내 집 앞은 내 땅이다. 내 땅을 밟고 지나가려거든 통행세를 내거라."

어떤 날에는 하인들을 시켜서 행인의 주머니를 뒤지게 했어요. 돈을 뜯어내려고요. 욕심 많고 성깔이 좋지 않기로 소문이 자자해서 누구든지 그를 보면 슬금슬금 피했어요. 눈이라도 마주치면 생사람을 잡으면서 또 무슨 고집을 피울지 모르니까요.

"여보게, 저기 불룩한 똥배를 내밀고 뒤뚱뒤뚱 걸어오는 사람이 옹 좌수(고을 관가보다 아래 기관인 향청의 우두머리) 아닌가?"

"맞네, 맞아. 오늘도 얼굴에 심술이 가득하구먼. 이 길로 어서 돌아가세."

옹고집 근처에는 아무도 오지 않으려고 했답니다.

"어허, 저것들 보소. 어른을 봤으면 달려와서 예를 갖추어야지. 저렇게 슬며시 내빼다니! 에이, 고얀 것들."

옹고집은 사람들이 자기를 싫어하는 줄 알면서도 계속 흉악하게 굴었어요.

'흥, 내가 부자로 떵떵거리면서 사니까 다들 부러워서 저러지.'

남의 송아지 꼬리 잡아당기기, 잘 익은 호박에 말뚝 박기, 초상집에 가서 춤추기, 불난 집에 부채질하기, 이간질하여 싸움 붙이기……. 옹고집이 해코지를 일삼으며 안하무인으로 제멋대로 행동했지만 사람들은 선뜻 나서서 말릴 수가 없었답니다. 조금이라도 밉보이면 대놓고 집요하게 괴롭힐 것이 분명하니까요.

세상에 이런 불효자가!

옹고집은 집에서 일하는 하인들과 마을 사람들한테만 야박하게 구는 것이 아니었어요. 자기를 낳아 길러 준 어머니한테도 인색하고 쌀쌀맞게 굴었지요. 여든 살이 된 어머니가 몸이 쇠약해져서 자리에 누웠는데도 자그마한 뒷방에 가두다시피 하고는 제대로 돌보지 않았답니다.

시름시름 병을 앓는 어머니가 보양식과 탕약으로 기운을 보충해야 하는 것을 뻔히 알면서도 옹고집은 닭 한 마리, 약 한 첩 올릴 생각이 추호도 없었어요. 아침에 식은 밥 한 그릇, 저녁에 멀건 죽 한 그릇 상에 올리는 것도 아까워했지요.

종일 차디찬 냉골에서 홀로 굶주리는 어머니의 서러움은 이루 말할 수 없었어요.

"자식이라고는 딱 하나인데 어찌 저리 무심하고 괘씸할꼬? 배고
프고 목마르고……. 아이고, 나 죽겠네!"

어머니는 매일 두 주먹으로 가슴을 내리치면서 신세타령하며 슬
피 울었어요.

"산신령님, 제발 날 잡아가 주시오. 흑흑."

울음소리가 어찌나 크고 구슬픈지 문밖 저 멀리까지 울려 퍼졌어
요. 하지만 옹고집은 귀가 꽉 막힌 듯 눈 하나 깜짝 안 했답니다.

그러던 어느 날, 참다못한 어머니가 할미 종을 불러서 아들을 데
려와 달라고 부탁했어요. 하는 수 없이 문안 인사를 온 옹고집은 어
머니 얼굴을 보자마자 툴툴거렸어요.

"아, 당장 숨이 넘어갈 정도도 아닌데 성가시게 왜 저를 오라 가라
하십니까?"

어머니는 아들을 붙잡고 하소연했어요.

"삼강오륜(유교에서 가르치는 도덕의 기본과 도리) 가운데 으뜸은 부자
유친(父子有親)이라고 하였다. 존경과 섬김을 다해 부모를 모셔라,
이 말이다. 어릴 때 배운 내용을 다 잊었느냐?"

옹고집은 듣는 둥 마는 둥 딴청만 피웠어요. 속이 상할 대로 상한

어머니는 그동안 참았던 말을 쏟아 냈어요.

"네가 누구 덕에 잘 먹고 잘사는데! 이 불효막심한 놈아!"

그러자 옹고집이 미간을 찌푸리며 대꾸했어요.

"누구 덕이겠어요? 다 제 덕이지요. 제가 악착같이 재산을 모은
덕분에 식구들이 잘 먹고 잘사는 거 아닙니까?"

아들의 뻔뻔한 태도에 어머니는 억장이 무너졌어요. 갑자기 옹고
집이 아기일 때 모습이 떠올라 눈물이 흘렀지요.

"네가 어릴 때 어미가 들려주던 노래를 기억하느냐?"

"어휴, 청승맞게…… 노래는 무슨 노래요?"

어머니는 아들을 바라보면서 노래를 흥얼거렸어요.

"은자동아 금자동아 세상천지 으뜸동아. 하늘같이 어질게 자라라,
땅같이 넓은 마음 품고 자라라. 금을 주면 너를 살까, 은을 주면
너를 살까. 세상에 값을 매길 수 없을 만큼 귀중한 보배는 너 하나
뿐이로다."

옹고집은 듣기 싫다는 듯 고개를 돌렸어요. 어머니는 아들을 살살
타일렀지요.

"너를 낳아서 이렇듯 넘치게 사랑하며 길렀는데 이 어미의 공을
정녕 모른단 말이냐? 옛날 중국의 이름난 효자인 왕상은 생선을

먹고 싶어 하는 어머니를 봉양하려고 추운 겨울에 얼음을 깨고 잉어를 잡아 왔다. 또한 맹종은 눈밭에서 죽순을 구해서 효를 행했다. 네가 그렇게는 못하더라도 불효는 면해야 할 것이 아니더냐?"

어머니가 내로라하는 효자들의 이야기를 들려주며 섭섭한 마음을 털어놓았지만 옹고집은 눈도 끔쩍하지 않았어요.

"진시황제 같은 이도 무덤 하나를 달랑 남기고 죽지 않았습니까? 만리장성을 쌓고 아방궁을 지어 삼천궁녀를 거느리며 천년만년 살 것 같더니 겨우 나이 쉰에 저세상으로 떠났습니다. 전쟁에 나가 백전백승하던 초패왕 항우도 유방에게 진 뒤 스스로 목숨을 끊었고, 학덕이 높아 공자의 촉망을 받던 제자 안연도 서른 살에 죽었거늘……. 어머니! 오래 살아서 뭐 하려고 그러십니까?"

"뭐, 뭐라고?"

어머니는 기가 막히고 어이가 없어서 헛웃음만 나왔어요. 옹고집은 아랑곳하지 않고 말을 줄줄 이었어요.

"옛 선조들의 글을 보면 인생칠십고래희(人生七十古來稀)라 사람이 일흔까지 사는 것은 예로부터 희귀한 일이라고 하지 않습니까? 그만큼 드물다는 말이지요. 어머니는 올해 여든 살이니 지금 돌아가셔도 아무도 명이 짧다는 소리를 하지 않을 것입니다. 아, 오래 살아 봐야 다 쓸데없는 짓이라니까요. 나이가 들면 욕심이 많아진다더니 어머니가 띡……."

어머니에게 독설을 퍼붓던 옹고집은 말끝을 슬그머니 흐리며 냅다 꽁무니를 뺐어요. 살 만큼 살았으니 아쉬워하지 말라는 아들의 말에 어머니는 화병이 나서 몸져눕고 말았답니다.

화가 난 학 대사

자기 어머니에게도 빨리 죽으라고 막말하는 옹고집이니 다른 사람들을 어떻게 대할지는 불 보듯 뻔했어요. 옹고집은 특히 스님에게 몹쓸 짓을 하기로 유명했어요. 시주(절이나 스님에게 돈이나 물건을 베푸는 일) 받으러 다니는 스님들의 목탁과 염주를 망가뜨리며 욕보이기 일쑤였지요.

괜히 심사가 뒤틀린 날에는 일부러 스님을 찾으려고 어슬렁거리며 마을 한 바퀴를 돌기도 했어요.

"얘들아, 저기 저 중놈을 잡아서 밧줄로 칭칭 감아라."

하인들은 옹고집이 시키는 대로 스님을 포박해 데려왔어요. 느닷없이 봉변당한 시주승은 무척 당황했어요.

"좌수 어르신, 대체 왜 이러십니까? 저는 아무 잘못이 없습니다."

"이 까까머리야, 네가 잘못이 없긴 뭐가 없느냐? 우리 마을에 발을 들이다니 간이 단단히 부었구나. 내 눈에 띈 것이 크나큰 잘못이다. 내가 중을 보면 온종일 재수가 없단 말이다. 이제 알겠느냐? 에잇, 퉤퉤퉤!"

옹고집은 생사람 트집 잡기가 둘째가라면 서러울 정도였어요.

"가뜩이나 밥맛이 없는데 못생긴 얼굴을 디밀어 내 비위를 더욱 상하게 했으니 저 중놈의 죄가 매우 크구나. 귓불을 뚫어서 혼꾸멍내 주거라."

시비를 거는 데 그치지 않고 매를 들어 해코지하기도 했어요. 쌀을 퍼 주기는커녕 실컷 괴롭히고는 자기 집 근처에는 얼씬도 하지 못하게 엄포를 놓았지요.

"아니 또 왔어? 중놈들이 왜 이리 자주 오는 것이냐? 요놈한테는 어떤 벌이 좋을까? 그래, 수박처럼 동글동글한 머리에 뜸을 떠서 뜨거운 맛을 화끈하게 보여 주자. 그래야 나한테 밥 얻어먹겠다는 생각을 다시는 하지 않을 것 아니냐."

옹고집의 이런 만행은 파다하게 퍼졌어요. 월출봉 취암사에서 도를 닦던 어느 덕이 높은 늙은 대사의 귀에도 들어갔지요. 그의 술법은 귀신이라도 따라 하지 못할 정도로 신묘했는데, 그런 대사가 옹고집의 이야기를 들었으니 가만히 참고 있을 리 없었지요. 대사는 함께 도를 닦는 학 대사를 불렀어요.

"옹당촌에 사는 옹 좌수라는 놈이 불도(부처의 가르침)를 능멸하고 승려를 보면 둘도 없는 원수를 만난 것처럼 악독하게 군다고 하더군. 들어 보았는가?"

"예. 저도 사람들 입에 오르내리는 말을 전해 들었습니다. 성품이 괴이하고 악랄해서 중생은 물론이고 자기 노모도 인정사정없이 모질게 대한다고 하더이다."

"날이 갈수록 악행이 심해진다고 하니 우리가 가만히 있어서야 되겠느냐? 그 녀석 집에 가서 소문이 맞는지 찬찬히 살펴보고 돌아오너라."

대사의 지시에 학 대사는 마을로 내려갔어요. 마로 만든 긴 법복에 백팔 염주를 목에 걸고 지팡이를 손에 쥔 채 허위허위 걸음을 옮기는 학 대사를 반기기라도 하듯이 봄 풍경이 아름다웠어요. 길에는 보석 같은 꽃망울을 피운 계화(계수나무의 꽃) 향기와 온갖 산새들이 지지배배 지저귀는 소리가 가득했어요.

해가 뉘엿뉘엿 질 즈음, 학 대사는 옹당촌에 도착했어요. 듣던 대로 옹고집이 사는 집은 굉장히 넓고 번듯했어요. 담벼락 지붕을 높게 올려서 지은 솟을대문만 봐도 떵떵거리며 사는 부자라는 사실을 한눈에 알 수 있었답니다.

땡그랑땡그랑.

지붕 처마 네 귀퉁이에 매달린 풍경이 바람에 흔들리며 손님을 반갑게 맞이했어요. 문 앞에 선 학 대사는 목탁을 탁탁 치고 염불(불경을 외는 일)하면서 예를 갖추었어요.

"시주를 많이 하십시오. 그러면 극락세계(아미타불이 살고 있는 괴로움 없이 안락한 세상)로 갈 수 있을 것입니다. 아미타불(서방 정토라고도 불리는 극락에 사는 부처) 관세음보살(아미타불을 돕는 보살)."

스님의 불경 외는 소리를 듣고 할미 종이 깜짝 놀라서 헐레벌떡 뛰어나왔어요.

'아이고, 이 일을 어째? 스님이 또 찾아왔네.'

할미 종은 중문에 기대어 서서 나지막이 속삭였어요.

"스님, 스님. 목탁 치기를 당장 멈추고 목소리도 낮추십시오. 우리 좌수님이 지금 낮잠을 곤히 주무시는데 인기척을 듣고 깨면 큰일 납니다."

"큰일은 무슨. 그리 호들갑 떨 것 없소이다."

"아닙니다. 소문을 못 들으셨습니까? 가뜩이나 성미가 고약한 분인데 자다 깨면 무슨 일을 벌일지……. 시주는 고사하고 스님의 귀를 뚫겠다고 야단법석을 떨지도 모릅니다. 그러니 봉변당하기 전에 어서 빨리 돌아가십시오."

하지만 학 대사는 발길을 돌릴 생각이 전혀 없는 듯했어요.

"이렇게 높고 크게 지은 집에 사는 사람이 어찌 중을 대충 대접하겠소? 악함을 쌓으면 반드시 자손에게까지 악을 끼치고 착한 일을 많이 하면 그 복이 자손에게까지 미치게 마련이오."

"아휴, 그걸 모르는 사람이 어디 있겠습니까? 근데 이 집 주인한테는 어림없는 소리라니까요."

"그래도 혹시 모르니 말이라도 전해 주시오. 황금 일천 냥만 시주해 달라고 말이오. 내가 월출봉 취암사에 사는데 법당이 낡아서 여기저기 갈라지고 부서졌지 뭐요. 불상이 비바람을 면치 못하는 것이 안타까워서 천 리를 멀다 않고 한걸음에 찾아왔소."

학 대사는 자신이 온 이유를 밝히고 목탁을 두드리기 시작했어요.

타악 타악 탁탁탁탁.

목탁 소리는 딱따구리가 나무를 쪼는 것처럼 경쾌했어요. 그런데 목탁 치는 소리가 어찌나 크게 울리는지 옹고집이 잠에서 깨고 말았어요. 선잠을 잔 탓에 부글부글 화가 난 옹고집은 창문을 벌컥 열어젖히며 소리쳤어요.

"어찌 이리 소란하냐?"

날카로운 호통에 할미 종은 가슴이 철렁 내려앉았어요. 창문 아래로 쪼르르 달려가 머리를 조아리며 말했어요.

"스님이 와서 시주를 하라고 합니다."

"뭐, 뭣이라? 내 단잠을 깨운 게 중놈이라는 거냐?"

옹고집은 성난 눈알을 부라리며 소리를 꽥 질렀어요. 할미 종은 학 대사가 부탁한 내용을 그대로 전했지요.

"황금 일천 냥을 시주해 달라고……."

"뭐? 황금 일천 냥? 그놈이 제정신이 아니구나. 무얼 잘못 먹은 게 틀림없어."

옹고집은 마당으로 쌩하니 달려 나오며 골을 냈어요.

"이 괘씸한 중놈아, 내가 시주하면 어디다 쓸 작정이냐?"

학 대사는 지팡이를 높이 들어 공손히 인사하고 대답했어요.

"시주하시면 소승이 춥고 배고프고 외로운 영혼들을 위해 제사를 지낼 때 감사히 쓰겠습니다. 절을 고치는 데도 조금 보태고요. 제가 아무 면 아무 촌 아무개라 축원을 올리면 소원대로 됩니다."

학 대사의 말을 들은 옹고집은 비웃듯이 피식거렸어요.

"아이고, 나불나불 거짓부렁을 지껄이는 데 도가 텄구나. 같잖고 우스워서 대꾸할 가치가 없다."

"아니, 그게 무슨 말씀이신지……."

"네가 하는 말이 참으로 가소롭다, 이 소리다."

"저는 마음을 다해 아뢰었는데 가소롭다니요?"

"사람이 태어날 때에 부유하고 가난하고, 자식이 있고 없고, 복이 있고 없고…… 이게 다 구별되는 것이다. 네 말대로 소원을 빌어서 전부 이루어지면 가난할 사람이 누가 있으며 자식이 없을 사람이 누가 있겠느냐?"

옹고집은 언제나 그랬듯이 학 대사에게도 막말을 퍼부었어요.

"네 마음이 별나고 괴상해서 부모의 은혜를 배반하고 머리 깎고 중이 된 것이 아니더냐? 부처의 제자가 되어서 아미타불 거짓 공부한 세월이 아깝지도 않으냐? 어른을 보면 동냥해 달라 하고 아이를 보면 함께 절에 들어가자 하고……. 이게 거지나 하는 짓이지, 쯧쯧. 행실이 불충불효한 너한테 돈과 곡식을 나누어 준들 무슨 소용이 있겠느냐?"

옹고집이 한심하다는 듯 혀를 끌끌 차면서 인신공격했지만 학 대사는 물러서지 않았어요.

"원하는 대로 이루어지기를 마음속으로 빌어 세상에 비길 데 없이 용맹한 영웅인 소대성이 태어났고, 임금님이 건강하게 오래 살기를 빌어 집집이 평안한 것입니다. 일생 끊임없이 배우기를 고집하며 열심히 수련하고 있으니 이게 나라에 충성하고 부모님께 입은 은혜를 갚는 일이 아니겠습니까?"

"어허, 이런 몹쓸 놈을 봤나. 양반한테 따따따 말대꾸하는 것은 어디서 배웠느냐?"

옹고집은 화를 참지 못하고 버럭 성질을 냈어요. 학 대사도 화가 났지만 말씨름을 길게 이어 봤자 소용이 없다고 느꼈어요. 옹고집은 말이 통하는 작자가 아니었거든요. 그래서 화제를 확 바꾸었어요.

"제가 먼 길을 와서 좌수님을 뵈었으니 인사는 제대로 하고 가야겠지요. 달리 해 드릴 것은 없고 관상이나 봐 드리겠습니다."

"관상? 중놈 주제에 도대체 네까짓 게 뭘 안다고 내 운명을 판단하겠다는 게냐?"

"다른 건 몰라도 그건 좀 할 줄 압니다."

옹고집은 학 대사가 무슨 말을 할지 솔직히 궁금했어요. 그래서 수염을 쓰다듬으며 잠자코 있었어요.

"좌수님의 얼굴을 찬찬히 살펴보니 눈썹이 길고 미간이 넓어서 명
성과 위세가 높으나……."

"노, 높으나? 어, 어서 뒷말을 이어 보아라."

"눈 아래가 홀쭉한 것을 보니…… 애고, 자손이 적겠네요. 얼굴
이 좁은 걸 보니 남의 말을 안 듣는 성격일 듯하고 손과 발이 작으
니…… 어라, 이걸 어쩐다?"

학 대사가 시원찮게 우물거리자 옹고집이 빛을 받으러 온 사람처
럼 재촉했어요.

"말을 해라, 말을. 무얼 어쩐다는 말이냐?"

"그게…… 저승사자가 일찍 와서 좌수님을 잘못 데려갈 수도 있으
니 늘 조심하셔야겠습니다. 말년에는 차가운 기운 때문에 생긴 병
증으로 고생하다가 돌아가실 것 같으니 그것도 유념하시고요. 갑
작스럽게 중풍이 오면 꼼짝 못 하고……."

"뭐라고? 네놈이 뚫린 입이라고 아무 말이나 지껄이는구나! 맞고
싶어서 매를 번다, 벌어."

옹고집은 얼굴을 잔뜩 일그러뜨렸어요. 길길이 날뛰며 하인들을
불러 모았지요.

"돌쇠야, 몽치야, 깡쇠야! 아, 다들 무엇 하느냐? 저 중놈을 어서 붙잡아라."

천둥 같은 호령에 하인들이 일사불란하게 움직였어요. 눈을 부릅 뜨고 학 대사에게 쏜살같이 달려들었지요. 삿갓을 벗겨서 휙 내던지 고는 두 귀를 덥석 잡아 휘휘 둘러서 힘껏 내동댕이쳤어요. 학 대사 는 힘없이 바닥에 널브러졌어요. 그런데 옹고집이 도리어 억울하게 당했다는 듯이 말했어요.

"이런 돼먹지 않은 중놈을 봤나! 너 같은 땡추중이 거짓 불도를 닦 는다는 핑계로 이 집 저 집 다니면서 재물을 동냥하고 남이 힘들 여 농사지은 곡식을 홀라당 가져갈 생각이나 하다니! 도둑놈 심보 가 참 뻔뻔하다."

"도둑놈 심보라니요. 좌수님, 말씀이 좀 지나치십니다."

"지나치긴 뭐가 지나쳐? 이놈아, 너 같은 놈은 절대로 그냥 두어 선 안 된다."

얼굴이 벌겋게 달아오른 옹고집은 고래고래 목소리를 높였어요.

"여봐라. 대못으로 저놈의 귀를 뚫고 물푸레나무로 만든 태장으로 몽둥이찜질을 실컷 해서 내쫓아라."

"예이, 분부대로 따르겠습니다."

땅거미가 내려앉은 마당에서 퍽, 퍽 볼기 치는 둔탁한 소리가 울려 퍼졌어요.

"한 대요, 두 대요, 세 대요, 네 대요…… 서른 대요."

매질은 길게 이어졌어요. 어찌나 무지막지한지 학 대사의 옷이 다 해져서 너덜거릴 정도였어요.

사람으로 변한 허수아비 짚단

옹고집의 하인들은 학 대사를 문밖으로 내던졌어요. 학 대사는 하인들이 모두 집 안으로 들어가기를 기다렸다가 천천히 일어났어요. 그러고는 도포 자락에 묻은 흙을 툭툭 털어 내며 생각했어요.

'과연 듣던 대로 고약한 자로군. 스스로 잘못을 깨닫게 하려면 보통 일이 아니겠어.'

학 대사가 걸음을 옮기려는데 툭 소리가 나더니 동그란 나무 구슬들이 발밑으로 후두두 떨어졌어요. 목에 걸었던 염주가 끊어진 것이었어요. 옹고집에게 수모를 당할 때 망가진 듯했어요.

"이런, 이런. 한 알 한 알 정성껏 깎은 것인데……."

학 대사는 데구루루 굴러가는 염주 알 하나를 집어 들었어요. 그러고는 입김을 후 불어 넣었지요. 그랬더니 사방으로 흩어졌던 구슬

들이 순식간에 긴 줄에 꿰어졌어요. 풀린 매듭도 단단히 묶이고요. 학 대사는 염주를 목에 다시 걸었어요. 작은 구슬 백팔 개가 보석처럼 빛나며 반들거렸어요.

'이참에 옷과 지팡이도 손을 좀 봐야겠군.'

학 대사가 해진 겉옷을 쓰윽 쳐다본 뒤 휘휫 휘휘휫 하고 휘파람을 불자 어디선가 산새가 날아들었어요. 실을 꿴 바늘을 입에 물고 와서는 바느질을 하기 시작했지요. 매질 때문에 너덜너덜해졌던 옷은 감쪽같이 새것처럼 바뀌었어요. 부러졌던 지팡이 역시 학 대사가 손바닥을 대고 살살 문지르니 처음처럼 멀쩡해졌답니다. 학 대사의 도술은 소문처럼 대단했어요.

학 대사는 술법을 이용해 취암사로 금세 돌아왔어요. 법당에서 학 대사를 마주친 어린 스님은 깜짝 놀랐어요. 학 대사는 막무가내 옹고집을 상대하느라 힘들었는지 몹시 지친 표정이었거든요. 어린 스님은 얼른 시원한 물 한 그릇을 떠 왔어요.

"대사님, 물 한 잔 드시지요."

"그렇잖아도 목이 마르던 터였는데 고맙구나."

학 대사는 어찌 된 일인지 궁금해하는 어린 스님에게 옹고집을 만나 있었던 일을 들려주었어요.

"염라대왕께 말씀을 드려 저승사자를 보내 달라고 하면 어떨까요? 옹고집을 잡아다가 지옥에 냅다 던져 버리게요. 다시는 세상 밖으로 나오지 못하게 말이지요."

어린 스님은 스승인 학 대사가 아무 이유 없이 해코지당했다는 말에 화가 머리끝까지 뻗쳐서 참을 수가 없었어요.

"아니, 그것은 안 될 말이다."

학 대사는 머리를 좌우로 흔들었어요.

"흠…… 그러면 스승님이 높은 술법으로 해동청 보라매(새끼 때 길들여 사냥에 쓰는 매)가 되는 건 어떠세요? 푸른 하늘 흰 구름 사이에 높이 떠 산에 머물다가 옹가가 나타나면 거침없이 달려드는 것이지요. 튼튼한 두 발로 그놈 대가리를 덥석 쥐고 잘 익은 수박을 한입에 베어 물 듯이 두 눈을……."

이번에도 학 대사는 고개를 절레절레 내저었어요.

"아서라. 그것도 좋은 방법은 아니다."

어린 스님은 그동안 옹고집에게 당한 것이 억울했는지 물러서지 않았어요. 학 대사 옆에 찰싹 붙어서 온갖 방법을 생각해 냈지요.

"아, 그럼 이렇게 하는 건 어떨까요? 사나운 범으로 변신해 봉우리가 겹겹이 솟아오른 높은 산에서 어슬렁거리다가 밤이 깊으면

담장을 훌쩍 뛰어넘어 옹가를 물어 오는 겁니다. 산 높고 골짜기 깊은 곳, 아무도 없는 곳에서 뼈째로 아작아작 먹어 치우면 제 속이 시원할 것 같습니다.”

“어허, 그 또한 아니 된다. 못된 생각을 거두어라.”

학 대사는 이번에도 어린 스님을 꾸짖었어요.

때마침 학 대사가 돌아왔다는 소식을 들은 다른 스님들이 우르르 몰려왔어요. 스님들은 옹고집을 어떻게 벌하면 좋을지 머리를 쥐어짜기 시작했지요.

한 스님이 수줍어하는 여인처럼 손으로 입을 가린 채 호호 웃으며 미인계(미인의 아름다움으로 홀려 꾀어내는 수단)로 옹고집을 꾀자는 의견을 내놓았어요.

“대사님, 제게 좋은 생각이 있습니다. 꼬리가 아홉 개 달린 여우, 구미호가 되는 것이지요. 구미호의 특기를 살려 여인으로 둔갑한 뒤 빛깔과 무늬가 고운 옷을 차려입고 옹가 품에 안기면 놈이 분명 정신을 못 차리고 꾀임에 넘어갈 것입니다.”

여인의 자태를 흉내 내는 스님의 모습은 사뭇 진지했어요.

그러자 또 다른 스님이 질세라 콧소리를 잔뜩 섞어서 나긋나긋하게 애교를 부리며 그럴듯한 말을 꾸며 냈어요.

"저는 달나라에 사는 선녀이온데 옥황상제께 큰 잘못을 저지르고 벌을 받아 인간 세상에 내려왔습니다. 어디로 가야 할지 몰라서 방황하는데 산신께서 좌수님과 부부가 되는 인연이 있다고 알려 주셔서 이렇게 옹 좌수님을 찾아뵙습니다아앙."

학 대사는 너털웃음을 터뜨렸어요.

"허허, 망측하다."

"아닙니다. 이 방법은 필히 효과가 있을 것입니다. 이렇게 갖가지 교태를 부리면 옹가가 여우한테 흘딱 넘어가서 몹쓸 상사병으로 죽을 게 분명합니다."

다들 한목소리로 말했지만 학 대사의 대답은 같았어요.

"아서라, 그것도 마땅한 해결책이 아니다."

학 대사는 옹고집을 무작정 벌하는 것이 능사가 아니라고 판단했어요. 스님들이 신나게 갖가지 묘안을 짜내며 즐거워하는 사이에 학 대사는 눈을 지그시 감았어요.

생각에 잠겨 있던 학 대사가 자리에서 벌떡 일어나더니 볏짚 한 단을 가져왔어요. 이리 꼬고 저리 묶고 앉은자리에서 무언가를 뚝딱 만들었지요. 이리 봐도 저리 봐도 사람 모양이었어요. 어린 스님은 학 대사 옆에 바짝 다가앉으며 물었어요.

"이, 이게 무엇입니까?"

"이것이 바로 내가 떠올린 묘책이다."

스님들은 학 대사의 속마음을 궁금해하며 한마디씩 보탰어요.

"아니 옹가네 논밭의 새를 쫓을 것도 아닌데 난데없이 허수아비를 왜……."

"마른 지푸라기로 무슨 일을 할 수 있단 말입니까?"

"맞습니다. 저희가 짜낸 꾀가 백배는 낫습니다."

학 대사는 자기 생각을 차분히 들려주었어요.

"그자에게 당한 일을 생각하면 당장이라도 혼쭐을 내는 것이 마땅한 것처럼 여겨진다. 하지만 그렇게 하면 우리 역시 남에게 악한 짓을 행하는 것이 아니더냐? 그자를 잠깐 속여서 스스로 잘못을 뉘우치고 사람으로서 마땅히 지켜야 할 도덕을 가슴 깊이 깨닫도록 할 것이다."

설명을 마친 학 대사는 허수아비 가슴팍에 부적을 한 장 붙였어요. 그러자 펑! 하고 천지를 뒤흔드는 굉음이 나더니 하얀 연기가 모락모락 피어올랐어요. 스님들은 두 눈을 의심했어요. 아 글쎄, 짚단이 순식간에 사람으로 변했지 뭐예요. 말 대가리처럼 생긴 길쭉한 두상에 툭 튀어나온 주걱턱까지 영락없이 옹고집이었어요.

"젠체하며 거들먹거리는 모습이 틀림없는 옹가입니다."

"불룩한 아랫배를 내밀고 뒤뚱뒤뚱 걷는 것도 똑같아요, 똑같아!"

다들 깜짝 놀라며 신기해했어요.

학 대사는 사람으로 변한 허수아비 짚단을 옹고집이 사는 마을로 내려보냈어요.

"자, 이제 너는 옹가네로 가서 네 소임을 다하여라."

주인 행세하는 가짜 옹고집

옹당촌에 도착한 가짜 옹고집은 곧바로 주인 행세를 시작했어요. 학 대사가 시킨 대로 일을 착착 진행했지요.

"늙은 돌쇠야, 젊은 몽치야, 어린 깡쇠야. 어찌 그리 게으름을 피 우느냐? 어서어서 말먹이 콩을 내오고 소에게 먹일 여물도 서둘 러 썰어 두어라."

"춘단이 너는 손 놓고 앉아서 뭐 하는 게야? 방이라도 깨끗이 쓸 지 않고. 하여튼 아랫것들이란……."

사랑방에 천연덕스럽게 앉아서 하인들에게 잔소리를 줄줄 늘어놓 는 사람은 누가 보아도 분명히 심술쟁이 옹고집이었어요.

때마침 진짜 옹고집이 외출했다가 돌아왔어요. 집에서 무슨 일이 벌어졌는지 전혀 모르는 눈치였지요.

"나 없는 사이에 반가운 손님이라도 온 게냐? 사랑채가 왜 이리
시끄럽고 떠들썩한 것이냐?"

진짜 옹고집의 걸걸한 목소리가 들리자 가짜 옹고집이 득달같이
달려 나왔어요.

"어허, 넌 대체 뭐 하는 놈인데 예의도 없이 남의 집에 함부로 들
어와서는 주인인 척 행세하느냐?"

따져 묻는 태도가 당당하기 짝이 없었어요.

옹고집은 쌍둥이처럼 자기와 똑같이 생긴 가짜의 모습을 보고 화
들짝 놀랐어요. 머리털이 심하게 빠져 벗어진 대머리에 길게 튀어나
온 주걱턱, 수탉 눈처럼 툭 불거진 눈동자, 크고 뭉뚝한 주먹코까지
다른 곳을 찾으려야 찾을 수가 없었지요. 심지어 걸친 옷도 똑같았
답니다.

'세상에! 이런 기괴한 일이 다 있구나. 어떻게 나랑 저렇게 똑 닮
을 수가 있지?'

처음에는 어이가 없어서 어리둥절했는데, 시간이 지날수록 화가
치밀어 올랐어요.

'아니 그런데 여기가 어디라고 갑자기 나타나서 행패야?'

옹고집은 자기인 척하며 거만하게 행동하는 가짜 옹고집의 태도

가 몹시 괘씸했어요. 그래서 목청을 돋워 가짜를 꾸짖었어요.

"허허, 어디서 내 형편이 넉넉하다는 소리를 주워듣기라도 했느
냐? 아니, 그래도 그렇지. 재물을 빼내 가겠다고 불쑥 쳐들어오고
당돌하기 짝이 없구나!"

이렇게 호통을 치는데도 가짜 옹고집은 요지부동이었어요. 그뿐
인가요. 목에 핏대를 세우며 맞섰지요. 서슬이 시퍼레서 진짜보다
더 진짜 같았어요.

"적반하장도 유분수지. 어디서 큰소리를 치는 게냐? 여긴 내 집이
다, 내 집!"

가짜가 뻔뻔하게 나오자 다급해진 옹고집은 옆에 있던 하인을 다
급히 불렀어요.

"깡쇠야, 이놈 잡아라!"

"네, 좌수 어른."

벼락같은 호령에 하인들이 일제히 대답하고 가짜 옹고집에게 달
려들었어요.

그러자 가짜 옹고집도 똑같이 소리쳤어요.

"깡쇠야, 저놈 잡아라!"

별안간 주인이 둘이 된 하인들은 어처구니가 없었어요. 이쪽을 봤

다 저쪽을 봤다 고개만 좌로 우로 움직였지요. 하지만 양쪽 모두 조금도 틀림없는 옹고집이었어요.

깡쇠는 마음속으로 생각했어요.

'똑같이 생긴 두 사람이 서로 싸우니 누구 편을 들어야 할지 모르겠네. 하얀 구름이 가득한 깊고 깊은 산속에서 흰옷 입은 선비를 찾는 것이 오히려 쉽겠어. 환히 밝은 대낮인데도 우리 좌수님을 찾을 가망이 전혀 없으니 이 노릇을 어쩐다?'

누구 말에 따라야 할지 판단이 서지 않자 다들 진짜 주인을 찾는 것을 포기하는 듯했어요. 안절부절 눈치를 보다가 결국에는 슬금슬금 자리를 피했답니다.

옹고집의 심복인 늙은 돌쇠는 아무래도 상황이 심상치 않다고 느꼈어요. 이 사실을 얼른 마님에게 알려야겠다는 생각에 서둘러 안채로 달려갔어요.

"큰일 났습니다. 큰일이 났어요! 마님, 어서 나와 보십시오. 사랑에서 엄청난 일이 벌어졌습니다."

옹고집의 아내는 안방에서 걸어 나오며 돌쇠를 나무랐어요.

"하이고, 귀청 떨어지겠다. 무슨 일인데 이리 경망스럽게 호들갑을 떠는 것이냐?"

"아 글쎄, 좌수님이 둘이 되었지 뭡니까? 이런 괴이한 경우는 머리털 나고 처음 봅니다. 이런 변은 세상에 또 없을 것입니다."

돌쇠는 보고 들은 것을 마님에게 전했어요.

"좌수님이 둘이 되었다니, 그게 무슨 소리냐? 좀 알아듣게 말해 보아라."

돌쇠가 숨을 헐떡이며 자초지종을 전하자 부인이 몹시 놀라 얼굴빛이 하얗게 질렸어요.

"애고, 애고. 이게 무슨 날벼락이냐?"

"그러게 말입니다. 저도 이날 입때껏 이 같은 일은 듣도 보도 못했습니다."

눈치가 빠른 부인은 이게 예삿일이 아니라는 것을 직감했어요. 올 것이 왔다는 듯이 체념하는 표정으로 어깨를 축 늘어뜨린 채 중얼거렸어요.

"스님만 보면 못살게 굴고 불도를 업신여겼으니 그동안 저지른 잘못이 어마어마하다. 게다가 연로해 거동이 불편한 어머니를 그렇게 모질게 박대했으니 어찌 죄가 없다고 하겠느냐. 내 말을 무시하고 고집불통이더니 결국……"

돌쇠는 마님 앞으로 바짝 다가가 다급하게 말했어요.

"좌수님의 행적을 모르는 사람이 누가 있겠습니까? 하지만 어떻게든 해야지요. 마냥 보고만 있을 수는 없습니다."

"네 말이 맞다만…… 땅의 신이 일어나고 부처님이 도술을 부려서 벌을 내리시는데 그것을 인간의 힘으로 어찌 막겠느냐?"

부인은 참으로 난감했어요. 느닷없이 벌어진 일에 한숨이 절로 나왔답니다.

"휴우, 이 일을 어찌할꼬!"

돌쇠가 다녀간 뒤 부인은 춘단 어미를 급히 불렀어요. 식구들 돌보는 일을 오래 했으니 춘단 어미라면 분명 뾰족한 수가 있을지도 모른다고 기대했지요. 아니나 다를까 춘단 어미는 무슨 일이 벌어졌는지 훤히 알고 있었어요.

"우리 집에서 눈썰미가 가장 좋은 사람이 너 아니더냐. 네가 가서 진위를 따져 보고 오너라."

"네, 마님. 제가 얼른 가서 진짜와 가짜를 가려보겠습니다."

춘단 어미는 자신 있게 대답하고 사랑채로 달려갔어요.

"네가 옹가냐? 내가 옹가다!"

두 사람은 여전히 실랑이를 벌이는 중이었어요. 옳고 그름을 따지며 티격태격하는 모습이 예사롭지 않았어요. 뿔 치기를 하는 황소처럼 눈알을 부라리며 사납게 으르렁댔어요. 서로 잡아먹을 듯 째려보며 자기가 진짜라고 주장하고 있었지요. 그런데 얼굴 이목구비와 말하는 습관, 행동거지가 판박이처럼 똑같아서 누가 거짓말을 하는지 도무지 알 수가 없었어요.

'까마귀 암수를 누가 구별할 수 있겠어? 죄다 까맣고 똑같이 생겼는데. 두 죄수님도 까마귀처럼 다른 구석이 조금도 없으니 그 누가 눈으로 보고 분간할 수 있을까?'

춘단 어미는 어린 시절에 친구들과 함께 까마귀 암컷과 수컷을 가려내며 내기했던 일을 떠올렸어요. 지금 상황이 그때와 다를 바 없었어요. 한참 서서 두 사람을 빤히 쳐다보았지만 시치미를 뚝 떼고 주인 행세를 하는 가짜가 누구인지 전혀 감이 오지 않았어요.

누가 진짜이고 누가 가짜일까?

춘단 어미는 안채로 터덜터덜 돌아왔어요. 세상에서 가장 재미있는 게 싸움 구경이라지만 두 옹고집이 다투는 광경은 흥이 나기는커녕 심란하기 짝이 없었어요.

옹고집의 아내는 기대에 찬 눈빛으로 물었어요.

"그래, 무얼 좀 알아냈느냐?"

"송구합니다. 전혀 알 수가 없었습니다. 두 분이 완전히 판박이여서 구분이 가지 않습니다."

"이런…… 그러면 이 일을 어찌해야 한다는 말이냐?"

부인은 머리를 쥐어짜며 괴로워했어요. '가짜에게는 없고 진짜에게만 있는 것이 무얼까?' 하고 생각을 거듭했지요. 문득 한 가지 기억이 머릿속에 스쳤어요.

"아 참, 네 주인이 신임 죄수일 적에 내가 급하게 겉옷을 다린 적이 있었다. 그때 다리미 불 불똥이 떨어져 도포 안자락이 탔지 뭐냐. 그래서 자그마한 구멍이 생겼으니 그것을 살펴서 누가 진짜인지 알아 오너라."

"그런 좋은 수를 생각해 내시다니 역시 지혜로우십니다."

춘단 어미는 다시 사랑채로 발걸음을 총총 옮겼어요.

'이번에는 반드시 분간해 내고야 말겠어.'

두 옹고집은 여전히 사랑채 앞마당에서 몸싸움을 벌이고 있었어요. 서로 방에 들어가지 못하게 막으며 옥신각신하니 흙먼지만 풀풀 일었지요. 지칠 만도 한데 어느 쪽도 물러설 기미가 보이지 않았어요. 춘단 어미는 두 사람을 말리며 말했어요.

"자 자, 이제 그만 진정하십시오. 누가 진짜이고 누가 가짜인지 가려낼 방법을 찾았습니다."

"그것이 무엇이냐?"

두 사람이 반색하며 묻자 춘단 어미는 누가 들을세라 나직이 속삭였어요.

"도포를 봅시다. 주인님이 맞으면 안자락에 불똥 자국이 있을 것입니다."

이 말을 듣고 옹고집은 활짝 웃었어요. 칠칠치 못하게 옷을 태워 먹었다고 마누라를 타박했던 일이 떠올랐거든요. 그래서 자신 있게 도포 자락을 젖혀 보였지요. 거기에는 작고 동그란 구멍이 분명히 있었어요. 그 징표가 너무 반가운 나머지 춘단 어미는 펄쩍 뛰어오르며 좋아했어요.

"있네요, 있어. 불똥 자국이. 진짜 우리 좌수님이 맞습니다."

그러자 가짜 옹고집이 몹시 언짢은 표정으로 춘단 어미를 향해 소리쳤어요.

"에라, 요망한 계집아. 하는 짓이 가소롭구나. 네가 증좌(참고할 만한 증거)를 내놓으라고 하니 기꺼이 보여 주마. 그까짓 징표(다른 것과 뚜렷하게 구별되는 점)는 나에게도 있다."

가짜 옹고집 역시 겉옷을 휙 열어 젖혀 안쪽을 보여 주었어요. 거기에도 똑같이 불에 탄 흔적이 있었지요. 춘단 어미는 깜짝 놀라서 할 말을 잃었어요.

'원 세상에, 어떻게 이런 일이! 아이고, 이젠 나도 모르겠다.'

춘단 어미는 두 손 두 발 다 들고 말았어요. 두 주인을 뒤로하고는 발길을 돌렸지요. 안채로 돌아온 춘단 어미는 처음보다 훨씬 더 풀이 죽은 모습이었어요.

"마님, 아무래도 직접 가 보셔야 할 듯합니다. 제가 알아낼 방도가 없습니다."

옹고집의 아내가 실망한 얼굴로 물었어요.

"내가 말한 징표를 찾지 못하였느냐?"

"찾지 못하기는커녕 아주 뚜렷하게 있었지요. 아, 근데 두 분 도포 자락에 똑같이 있지 뭡니까?"

춘단 어미는 울상을 지었어요.

"두 사람 모두 그 징표를 가지고 있다는 말이냐?"

"모양과 크기가 자로 잰 듯 아주 똑같았습니다."

부인은 답답한 마음을 가눌 길이 없었어요.

"우리 둘이 만날 적에 아내는 남편을 따라야 한다는 여필종부를 다짐했었다. 살아서는 이별하지 말고 죽어도 한날에 죽자고 하늘과 땅에 맹세했단 말이다. 해와 달이 증인이다, 증인. 그런데 이런 변이 생기다니. 꿈이냐 생시냐, 이 일이 웬일이냐!"

부인은 옛일을 떠올리며 혼잣말을 웅얼거렸어요. 하지만 이내 목소리를 높이며 울분을 터뜨렸어요.

"공자도 어려움을 이겨 내고 성인이 되었다고는 하지만 이 정도로 큰 곤란을 겪은 것은 아니었을 게다. 우리 집에 이런 괴이한 일이 생기다니……. 평소에 행실을 바르게 하고 소나무와 잣나무가 사시사철 푸른 것처럼 꼿꼿하게 절개를 지키며 올곧이 살았는데 하루아침에 낭군이 둘이 되다니 믿을 수가 없구나. 아휴!"

하소연은 구구절절했어요. 어찌나 한숨을 깊게 내쉬면서 한탄했는지 그 소리가 며느리의 귀에까지 들어갔답니다.

옹고집의 며느리는 시어머니가 그토록 괴로워하는 것을 알면서도 방에 가만히 앉아 있을 수만은 없다고 생각했어요.

'집안에 이렇게 큰일이 벌어졌는데 여인이라고 조용히 체면만 차릴 수는 없지!'

씩씩한 옹고집의 며느리는 사태를 파악하여 문제를 해결하겠다고 다짐하면서 서둘러 사랑채로 향했어요.

며느리가 문을 열고 다소곳이 들어서자 두 옹고집이 화들짝 반가워하며 쏜살같이 다가왔어요. 서로 자기가 진짜 시아버지라고 하면서 전에 없이 다정하게 굴었지요. 둘 사이에 낀 며느리는 어쩔 줄 몰라 했어요. 옴짝달싹 못 한 채 고개만 이리 돌렸다 저리 돌렸다 하느라 목이 늘어날 지경이었어요.

'어휴, 천하에 고약한 시아버지가 한 명 더 늘었네. 내 팔자가 이

리 사납다니.'

며느리는 직접 보고 있으면서도 못 믿을 상황에 두 눈을 질끈 감 았어요. 박복해서 시집을 잘못 왔구나 싶었지요.

두 옹고집은 어떻게 하면 며느리의 마음을 살 수 있을까 궁리하기 바빴어요. 자기편을 들어 달라는 듯이 찡긋찡긋 눈짓을 보냈어요. 가짜 옹고집이 먼저 말을 걸었지요.

"얘, 며늘아기야. 내 이야기를 들어 보거라. 네가 혼인하려고 우리
집에 신행을 올 때 열 마리 남짓한 말에 온갖 살림살이를 싣고 오
지 않았느냐? 그 뒤에 내가 따라오고 말이다."

"네네, 그랬었지요."

"그래, 그래. 기억나지? 한참 오다가 성질 사나운 말 한 마리가 말
썽 부리는 바람에 한바탕 난리를 치렀잖니. 물건들이 파사삭 부서
지고 커다란 놋 항아리도 한가운데 구멍이 나고……. 그걸 나중에
고쳐 쓰겠다고 벽장에 넣어 놓았잖아."

"맞아요, 맞아. 그때 친정에서 정성껏 싸 주신 그릇들이 망가져서
얼마나 속상했는지 몰라요. 어제 일처럼 생생하게 기억하시네요."

"허허, 아무렴 기억하고말고. 내가 따뜻한 밥을 먹고 공연히 헛소
리를 하겠느냐? 네 시아비는 바로 나다, 나!"

며느리는 가짜 옹고집을 향해 환하게 웃었어요. 둘이 있을 때 벌어졌던 사건을 순서대로 줄줄 읊으니 진짜 시아버지라고 믿을 수밖에 없었지요.

옹고집은 가슴이 철렁 내려앉았어요. 이러다가 정말 한순간에 자기 자리를 빼앗길지도 모른다는 불안에 안달복달 조바심이 났어요.

'하이고, 저놈 보소. 내가 할 말을 다 하고 있네. 애고애고, 이 일을 어쩐담?'

마음이 급해진 옹고집은 며느리를 돌려세우고 눈을 마주쳤어요. 제발 나를 알아봐 달라고 애원하는 눈빛이었어요.

"아가, 아가. 내 얼굴을 자세히 들여다보아라. 네 시아비는 내가 아니더냐?"

삐뚤삐뚤한 눈과 코와 입, 번들번들 기름기가 도는 얼굴이 분명 시아버지였어요. 며느리는 당황스러웠지만 마음을 차분히 가라앉혔어요. 그러고는 곧 좋은 생각을 떠올렸어요.

"우리 아버님 머리에는 가늘게 금이 나 있고 그 한가운데 백발이 있습니다. 그 표식을 보여 주시지요."

며느리가 공손히 물으니 옹고집이 서둘러 탕건(갓을 쓰기 전에 받쳐 쓰던 것으로 집에서도 탕건을 쓴 채 지냈다.)과 망건(머리에 두르는 그물처럼 생긴 두건으로 주로 상투 튼 사람이 머리카락이 흘러내리지 않도록 썼다.)을 벗어 던지고 상투를 풀어 헤쳤어요. 하지만 며느리가 눈을 씻고 봐도 하얀 머리카락은 눈에 띄지 않았어요.

"어……, 아무리 찾아도 안 보입니다."

옹고집은 정수리를 들이밀면서 말했어요.

"그럴 리가 없다. 눈을 크게 뜨고 잘 찾아보아라. 오늘 아침에도 내가 분명히 보았단 말이다."

며느리가 백발을 찾지 못하는 건 당연한 일이었어요. 가짜 옹고집이 요술을 부려 흰 머리카락을 뽑아다가는 자기 머리에 떡하니 붙였으니까요.

이번에는 가짜 옹고집의 차례였어요. 증거가 될 만한 표식이 있는 듯 의기양양했지요.

"아기야, 아기야, 며늘아기야. 요기를 들여다보아라."

며느리는 눈을 동그랗게 뜨고 보물찾기하듯이 시아버지의 머리카락을 헤집었어요. 둥그런 머리통 한가운데서 백발이 반짝 빛났어요. 흙빛이던 며느리 얼굴이 밝게 바뀌었어요.

"찾았어요! 우리 아버님이 맞아요. 이분이 제 시아버님이에요. 그런데 저 사람은 누구인지 모르겠어요."

며느리가 자기를 제대로 알아보지 못하자 옹고집은 속이 휙 뒤집혔어요.

"애고애고, 기막혀서 죽겠네. 가짜를 제 아비 삼고 진짜를 구박하는구나. 이렇게 분하고 억울한 일이 또 있을까. 이 서러운 심정을 누구에게 말해야 좋단 말이냐?"

옹고집은 원통하고 답답한 마음에 머리를 흙바닥에 쿵쿵 찧으며 생난리를 피웠어요.

"이제는 나도 이판사판이다."

하인들은 이러다가 정말 집 안에서 치고받는 큰 싸움이 벌어질까 봐 덜컥 겁이 났어요. 족제비에게 쫓기는 닭처럼 어쩔 줄 몰라 하면서 우왕좌왕했어요. 그나마 정신을 차린 사람은 돌쇠였어요. 이 소식을 옹고집의 아들에게 얼른 알려야겠다고 생각했지요.

"네가 가서 서방님을 모셔 오거라."

돌쇠는 얼이 빠져 있는 몽치를 콩 쥐어박으며 말했어요.

"네? 어디 계신지 알아야 모셔 오지요."

"오늘도 활쏘기 삼매경에 빠져 계실 게다. 속히 다녀오너라."

"알겠습니다."

몽치는 신을 고쳐 신고는 남문 밖 활터를 향해 내달렸어요. 얼마나 빨리 뛰었는지 숨소리가 씨근거렸어요.

"가십시다, 가십시다. 서방님, 어서 가십시다."

멀리 떨어진 표적을 바라보며 활을 들어 올리던 옹고집의 아들은 몽치를 보고는 의아해했어요.

"어라, 웬일이냐? 이 시간에 나를 찾아 여기까지 오고."

"큰일 났습니다. 그것도 아주 큰일이 났습니다."

"다짜고짜 큰일이라니? 몽치 너 오두방정 떨지 말고 차분차분 말해 보아라."

옹고집의 아들은 몽치를 나무랐어요.

"아, 이렇게 태평하게 활쏘기를 즐기실 때가 아닙니다. 지금 한바탕 난리가 나서 집이 발칵 뒤집혔단 말입니다. 그, 글쎄 좌수님이 둘이 되었지 뭡니까? 분신술을 한 것처럼."

"뭐, 뭐라고? 아버지가 두 분이 되었다고?"

"네, 완전히 똑같아서 도저히 구분할 방도가……. 그사이에 셋, 아니 넷으로 늘었을지도 모릅니다. 그러니 서방님께서 어서 가 보셔야 합니다."

옹고집의 아들은 과녁에 꽂힌 화살을 뽑아 대나무 통에 급하게 챙

겨 넣고는 서둘러 집으로 향했어요.

'아버지가 둘이 되었다고? 말도 안 돼! 식구들 밥상에 짜디짠 생선 한 마리 올리는 것도 못마땅하게 여기고 우리 집 장도리가 닳을까 봐 옆집에 빌리러 가는 구두쇠가 하나로 부족해서 두 명으로 늘었다고? 믿을 수가 없어!'

옹고집의 아들은 몽치가 전한 이야기가 참말이 아니기를 바랐어요. 어린 시절에는 아버지가 하늘로 솟거나 땅으로 꺼져서 사라지면 좋겠다고 생각한 적도 있었어요. 돈을 쌓아 두고노 제 식구들 먹고 입는 게 아까워서 인색하게 구는 아버지가 정말 지긋지긋했어요.

사랑채에 도착하니 이번에도 가짜 옹고집이 먼저 달려 나와 아들을 반갑게 맞이했어요.

"아들 왔구나. 오늘은 활을 다섯 번 쏘아 과녁 가운데 세 번을 맞히는 데 성공했느냐?"

"아, 네네."

"오호, 기특하다."

아들은 고개 숙여 인사하면서 분위기를 살폈어요. 집 안에는 한겨울처럼 냉랭한 기운이 쌩쌩 감돌았어요.

가짜 옹고집은 아들을 툇마루에 불러 앉히며 한숨 섞인 하소연을 늘어놓았어요.

"건넛마을 최 서방에게서 소작료 열 냥을 받아 왔느냐? 내가 너한테 주라고 일렀는데 혹 받았으면 거기서 한 냥만 꺼내어 술을 사오거라. 터무니없는 억지 주장을 듣고 있으려니 이 아비가 분해서 기가 막히고 코가 막힐 노릇이다. 시원하게 목이나 축여야겠다. 이놈이 우리 집 재물을 탐내 몇 시간째 막무가내로 버티니……."

아들을 요리조리 구워삶아서 아버지라고 믿게 만드는 가짜의 행태에 옹고집은 혈압이 쑥 올랐어요.

"허허, 저놈 저거 내가 할 말을 먼저 다 하고 자빠졌네. 입 다물어라, 이놈아."

옹고집의 아들은 서로 자기가 아버지라고 우기는 둘 사이에서 갈팡질팡했어요. 이쪽이 부친인 것 같기도 하고 저쪽이 부친인 것 같기도 하고 누가 진짜인지 알아낼 길이 없었어요.

똑같이 생긴 남편이 둘이라니

실랑이가 길어지자 가짜 옹고집은 턱을 괴고 생각에 잠겼어요. 잠시 무언가 골똘히 궁리하더니 좌불안석인 아들을 향해 말했지요.

"애야, 가서 네 어머니 좀 나오시라고 전해라. 큰 변고가 생겼는데 내외한답시고 방 안에만 들어앉아 있다니 이게 가당하기나 한 소리냐? 네 어머니는 누가 진짜인지 단박에 알아맞힐 수도 있지 않겠느냐?"

가짜 옹고집은 이 난리법석에 마침표를 찍겠다는 듯이 결연한 표정이었어요. 아들도 같은 생각이었어요. 부부만이 아는 사실이 틀림없이 있을 테니 진위를 가리는 일에는 어머니가 나서야 한다고요. 그래서 안채로 황급히 달려가 어머니를 설득했어요.

"저는 도저히 모르겠습니다. 이 일을 해결할 수 있는 사람은 어머니밖에 없을 듯합니다. 어서 가서 자세히 살펴보시지요."

"그래, 알았다. 그리하마."

아들의 간곡한 부탁에 부인은 결심이 선 듯 벌떡 일어났어요. 치
맛자락을 휙 걷어 올리고는 사랑채로 사뿐사뿐 걸음을 옮겼어요.

기다리던 안사람이 나타나자 진짜 옹고집과 가짜 옹고집 둘 다 든
든한 자기편이 왔다면서 좋아했어요.

"여보 마누라. 잘 나오시었소."

"누가 참말을 하고 누가 거짓말을 하는지 가려내 주시오."

안주인이 등장하자 사랑채는 기대감으로 더욱 소란스러워졌어요.
사람들은 긴 세월 동안 한 이불을 덮고 같이 살았으니 부인이 자기
남편을 알아보지 못할 리가 없다고 생각했어요. 아들딸과 며느리는
물론 밭일하러 나갔던 하인들까지 모두 돌아와 세 사람을 둥그렇게
둘러싸고 결판이 나기를 기다렸어요.

먼저 입담을 화려하게 펼친 사람은 가짜 옹고집이었어요.

"지금부터 내가 하는 말을 차분히 들어 보시오. 이건 정말 우리 둘
만이 아는 일이어서 진짜와 가짜를 가려내는 데 도움이 될 테니."

부인은 민망한 듯 얼굴을 붉히며 속삭였어요.

"보고 듣는 눈과 귀가 많은데 무슨 이야기를 하려고 이리 뜸을 들이십니까?"

"그러니까 그게…… 우리가 신혼 첫날밤에 한방에서 얼굴을 맞대고 도란도란 이야기를 나눌 때 말이요……."

"아이고, 남우세스럽게 왜 이러십니까?"

부인은 놀림당하고 비웃음을 살 일이 생길까 봐 조마조마했어요.

"허허, 이 사람. 나도 쑥스러워서 간신히 입을 열었는데 이렇게 말을 끊으면 어떡하오? 그러지 말고 끝까지 잘 들어 보란 말이오. 그날 밤에 내가 술 한잔을 쭉 걸치고 그대를 살며시 안으려고 하자, 당신이 부끄러워하면서 멀찌감치 떨어져 앉지 않았소."

"그, 그랬지요."

"내가 타이르며 달달한 말을 속삭였던 거 기억하오? 이렇게 행복한 밤은 일평생 한 번 있을까 말까 하니 시간을 허비하지 말고 즐겁게 보냅시다라고. 그랬더니 그제야 자네가 빙그레 웃으며 내 곁으로 쓰윽 다가와 앉지 않았소. 자, 이 일은 우리 두 사람만이 아는 사연이니 진위를 판단해 보시구려."

가짜 옹고집이 당사자가 아니면 절대 알 수 없는 이야기를 구구절절 풀어내자 부인은 미소를 띠며 고개를 살며시 끄덕였어요. 그날

밤, 꿀처럼 달콤한 말을 소곤거리는 신랑의 모습에 살짝 반했던 순간이 떠올랐답니다. 방금 한 말은 그날 일과 한 치의 오차도 없이 딱 들어맞았어요.

"맞아요. 맞아. 참말로 그런 일이 있었지요. 여러분, 이 사람이 진짜입니다."

부인의 말에 마당에 모인 사람들은 "휴우!" 하고 안도의 한숨을 내쉬었어요. 길고 지루한 싸움이 이제야 끝나는구나 하고 가슴을 쓸어내렸지요.

철석같이 믿었던 마누라가 가짜 옹고집을 남편으로 인정하자 옹고집은 할 말을 잃었어요. 속이 뒤집히고 눈에서 불이 났지요. 하지만 어쩔 수 없는 노릇이었어요.

분통이 터져 펄쩍펄쩍 뛰는 옹고집에게 부인이 어린아이를 달래는 말투로 가만가만 말했어요.

"둘이 서로 똑같으니 애통할 따름입니다."

부인은 말뿐인 위로를 남기고는 안채를 향해 쌩하고 발걸음을 돌렸어요.

"아이고, 내 팔자야. 나보다 박복하고 기구한 사람이 있으면 나와 보라고 해라. 저렇게 심술궂고 고집 센 양반이 하나도 아니고 둘이 되었으니, 이게 웬 난리란 말이냐?"

부인은 뒤따르는 몸종들을 붙들고 푸념하기 시작했어요. 춘단 어미는 땅이 꺼져라 한숨을 연거푸 내쉬는 안주인을 안쓰럽게 바라보았어요.

"그러게 말입니다. 쇤네도 이런 일은 듣도 보도 못했습니다."

다른 하인들도 따뜻하게 한마디씩 건넸어요.

"그래도 진짜 좌수님을 가려내서 얼마나 다행입니까?"

"암요, 암요. 이제 한숨을 거두시고 한시름 놓으십시오, 마님!"

사또, 제가 참말 옹가입니다

한바탕 소동이 지나가고 사방이 잠잠해졌어요. 때마침 문밖에서 인기척이 나면서 누군가 옹고집을 부르는 소리가 들렸어요.

"옹 좌수, 집에 계시오?"

가짜 옹고집은 반가운 기색으로 달려 나갔어요.

"허허, 김 별감(조선 시대의 고을 좌수에 버금가는 지방 벼슬) 오랜만이오. 얼굴 본 지가 한 달이 넘었는데 그새 편하게 지내셨소? 나는 괴이한 일이 생겨서 마음고생이 이만저만이 아니라오."

"괴이한 일이라면?"

"아 글쎄, 근본도 알 수 없는 어떤 놈이 나와 생김새가 같다는 이유로 집에 쳐들어와서는 내 말투와 행동을 똑같이 따라 하는 것이 아니겠소?"

"아이고, 이 사람아. 그게 무슨 말인가? 누가 무얼 어쨌다는 건지 도통 알아들을 수가 없구려."

"저기 저놈 말이오. 저놈이 나인 척한단 말이오."

김 별감은 나무 그늘 밑에 털썩 주저앉아서 씩씩거리는 옹고집을 흘깃 보고는 놀란 입을 다물지 못했어요.

"아니, 저자는……. 옹 좌수에게 잃어버린 쌍둥이 형제라도 있었단 말이오?"

"쌍둥이는 무슨! 나는 우리 부모님이 늘그막에 얻은 귀한 독자요, 독자. 저놈이 내 재물과 식솔들을 다 제 것으로 만들려고 남모르게 꾀를 내서는 우리 집에 들어왔지 뭐요."

"아니, 그게 사실이오?"

"사실이니까 내가 이렇게 팔짝 뛰는 것이 아니겠소. 이런 변고가 어디 또 있단 말이오."

"허허, 세상에 이런 일이 있다니."

김 별감은 뒤통수를 긁적였어요. 넋두리를 하던 가짜 옹고집은 김 별감에게 부탁을 했어요.

"중국 역사책 〈사기〉 자객열전에 본처도 알아보지 못한 것을 벗은 알아봤다고 했으니 친구가 아내보다 낫다는 소리 아니오? 그러니 김 별감이 나서 주시오. 별감이 나를 모를 리 없지 않소? 부디 누가 진짜이고 가짜인지 구별해서 저놈을 내쫓아 주시오."

가만 듣고 있으려니 옹고집은 속에서 천불이 나서 견딜 수가 없었어요. 가슴을 퉁탕퉁탕 두드리며 반박했지요.

"애고, 저놈 보소. 천연덕스럽게 나인 척하네. 그럴듯하게 지어내어 말하니 다들 홀딱 넘어갈 수밖에! 세상천지에 이렇게 분통한 일이 또 어디 있단 말이냐."

옹고집은 가짜 옹고집에게 와락 달려들었어요. 그러고는 가슴팍에 머리를 들이밀며 따지기 시작했어요.

"이놈아, 네가 옹가냐? 내가 옹가지!"

가짜 옹고집도 가만있지 않았어요.

"뭐가 어쩌고 어째? 왜 네가 옹가냐? 내가 옹가다."

끝난 것 같았던 싸움이 다시 시작되었어요. 둘이 눈곱만큼도 양보하지 않고 다투자 김 별감이 한 가지 묘안을 내놓았어요.

"양쪽 옹가가 모두 옹옹, 하니 이 옹이 진짜인지 저 옹이 진짜인지 가리지 못하겠소. 지금처럼 분쟁이 있을 때는 송사가 답일 수도 있소. 고을 관가에 가서 판결을 구하면 어떻겠소?"

이 말을 듣고 두 옹고집은 "옳거니!" 하고 반겼어요. 혹여 어느 한

쪽이 도망이라도 갈세라 서로 옷자락을 단단히 틀어잡고 관아로 걸음을 옮겼지요. 길을 가면서도 둘이 아옹다옹하니 김 별감은 난처한 듯 멀찌감치 떨어져 주춤주춤 뒤따라갔답니다.

옹고집 일행이 관가 뜰에 들어서자 모여 있던 이들이 일순간에 조용해졌어요. 마침 사또가 가까운 벗과 지인을 불러서 잔치를 벌이던 중이었는데 흥겹게 가무를 즐기던 사람들은 깜짝 놀라며 입을 틀어막았지요. 직접 보고도 믿지 못할 상황에 모두가 눈을 비비며 두 옹고집을 번갈아 쳐다보았어요.

"에구머니나, 이게 무슨 조화래?"

"거참 희한한 일일세. 옹 좌수가 둘이 되어서 나타나다니."

옹고집이 사또 앞으로 나서며 억울한 사정을 털어놓았어요.

"제가 옹당촌에서 대를 이어 살고 있는데 어디 출신인지도 모를 저놈이 저처럼 행색을 꾸미고 와서는 제 행세를 하지 뭡니까? 제 집과 재물을 자기 것이라 우기고, 집안 식솔들도 자기 가족이라고 억지를 부리니 세상에 이보다 흉한 일은 없을 것입니다."

사또는 엄숙한 표정으로 물었어요.

"그럼 네 말은 저자가 가짜라는 소리냐?"

"네, 그렇습니다. 지혜로우신 원님께서 엄하게 따져 물으셔서 옳고 그름을 가리고 사리를 밝혀 주십시오."

옹고집의 간청에 귀 기울이던 사또는 가짜 옹고집 쪽으로 고개를 돌렸어요.

"이번에는 네 입장을 한번 들어 보자."

가짜 옹고집은 고개를 숙여 예를 표했어요. 그러고는 낮고 차분한 목소리로 또박또박 말했어요.

"감사합니다, 사또. 제가 아뢸 내용을 저놈이 나 이야기해서 더 드릴 말씀이 없습니다. 그동안 원님께서 내린 판결은 한 치의 의심도 없는 현명한 판단이었습니다. 이번에도 제 사정과 형편을 헤아리고 살펴 참과 거짓을 가려 주십시오. 그러면 죽어도 여한이 없겠나이다."

현명하기로 소문난 사또이지만 이번에는 판단하기 쉽지 않았어요. 육방 하인들과 잔치에 온 손님, 지나가던 행인들까지 모두 모르겠다고 고개를 내저으니 사또 역시 쉽게 결정짓지 못하고 망설일 수밖에 없었지요. 서로 자기가 진짜라고 박박 우기니 속 시원히 판결할 방도를 찾아야 했어요.

잠자코 상황을 지켜보던 형방이 좋은 수를 하나 제안했어요.

"사또, 저 두 사람을 따로 가두고 하나씩 불러서 심문하면 어떨까요? 조상에 관해 자세히 따져 물으면 거짓말하는 자를 가려낼 수 있을지도 모릅니다."

"그래, 그래. 그거 좋은 생각이다!"

사또는 그 의견을 흔쾌히 받아들였어요. 호적(지금의 가족 관계 등록부를 이른다.)에 관한 일을 맡아 보던 부서에 명을 내려 옹씨 집안 식구들의 신분을 기록한 문서를 가져오라고 했지요. 먼저 불려 나간 사람은 진짜 옹고집이었어요.

사또는 목청을 다듬고 근엄한 표정을 지었어요.

"에헴, 네 가족 사항을 말해 보아라."

옹고집은 바로 대답하지 못하고 머뭇거렸어요. 느닷없이 집안 어른들의 성함을 물으니 머릿속이 하얘지고 말문이 콱 막혔어요.

"음, 그러니까……."

"원 참, 무얼 그리 꾸물대느냐?"

사또가 재촉하자 옹고집이 떠듬떠듬 말했어요.

"아버지가 옹송이요, 할아버지가 맹송이요. 어…… 그리고 할아버지의 아버지…… 증조할아버지가 상송이고, 할아버지의 할아버지 고조할아버지가 승송입니다."

대답을 들은 사또는 박장대소하며 대꾸했어요.

"옹송, 맹송, 상송, 승송…… 참으로 뒤숭숭하구나! 여봐라, 다른 옹가를 불러오너라."

사또 앞에 선 가짜 옹고집은 조금도 주저하지 않고 가족 관계를 설명했어요. 물 흐르듯 막힘이 없었어요. 거기에 그치지 않고 선조의 벼슬 내력까지 술술 읊었지요.

"저희 아버지께서 좌수로 일하실 적에 백성을 불쌍히 여기고 은혜를 베푸신 일로 유명합니다. 집마다 부과하던 부역을 대거 깎고 줄여 주어 좋은 소문이 마을에 자자했습지요."

"오호, 그랬단 말이냐?"

"네에, 참말입니다. 할아버지는 훌륭한 무신으로 정삼품 절충장군을 지내셨고, 증조할아버지 역시 무관으로 오위장을 맡아 활약하셨습니다. 이제 저에 대해 말씀드리면 저는 옹당촌에 사는 옹고집으로 나이는 올해 서른일곱 살입니다. 그리고 제 집사람은 진주 최씨인데……."

"그만하면 되었다. 더 듣지 않아도 되겠다."

사또는 마음을 굳힌 듯 더할 나위 없이 온화한 미소를 지었어요. 하지만 가짜 옹고집은 대답을 멈추지 않았어요.

"아닙니다, 사또. 제 세간에 대해 아뢸 테니 좀 더 들어 보십시오. 곳간에 쌓아 둔 곡식이 이천백 석이고 마구간에 말이 여섯 필 있습니다. 토실토실 살이 오른 암퇘지와 수퇘지가 총 스물두 마리, 마당에서 풀을 뜯는 암탉과 수탉이 예순 마리지요. 그릇은 그 유명한 안성 방짜 유기가 열 벌이 있고 가구는 앞닫이부터 반닫이, 이층장, 꽃과 버들을 새긴 화류 문갑, 용을 그려 넣은 용장, 봉황을 그려 넣은 봉장, 고풍스러운 각게수리(서랍이 여럿 달린 조선 시대의 금고)까지 다 있습니다. 산수 병풍, 연꽃 병풍도 근사한데……아 참, 모란 병풍 한 벌은 다락에 따로 얹어 두었습지요. 자식 혼사 때에 매화를 그려 넣은 폭이 망가져서 고치려고요."

다다다 말을 쏟아 낸 가짜 옹고집은 "휴우!" 하고 숨을 길게 내쉬더니 자랑을 다시 이어 갔어요.

"책도 두루 갖추었습지요. 〈천자문〉부터 한시 교재 〈당음〉, 형법서 〈당률〉, 역사책 〈사략〉과 〈통감〉, 삶의 지혜를 배우는 〈소학〉〈대학〉〈논어〉〈맹자〉〈시전〉〈서전〉〈주역〉〈춘추〉〈예기〉〈주벽〉 그리고 〈총목〉까지 쌓아 두었답니다. 이것뿐이 아닙니다. 은반지는 이십 개 금반지는 열 개를 보석함 깊숙이 넣어 놓았고, 비단은 청홍 자색을 합하여 열세 필이고 모시도 서른 통이나 있습니다. 명주는 마흔 통인데…….”

“그만, 그만! 이것으로 이미 충분하다.”

“암요, 암요. 사람을 부내 확인해 보시믄 세 날에 거짓이 한 점도 없다는 사실을 명백히 아실 겁니다. 신발은 날씨가 좋은 날에 신는 마른신과 궂은 날에 신는 진신이…….”

“허허, 그만하라니까!”

“그럼요. 더 들으실 필요도 없지요. 말씀드린 내용 가운데 하나라도 틀린 것이 있으면 곤장을 마구 치십시오. 맞아 숙어도 변명하지 않겠습니다. 저놈이 제가 이리 풍족하게 산다는 말을 듣고 욕심을 낸 것이 분명합니다. 원님, 저놈을 그냥 두면 똑같은 수법을 따라 하는 놈이 또 나타날지도 모릅니다. 저렇게 무도한 놈은 혼쭐을 내서 본보기로 삼으셔야 합니다.”

가짜 옹고집이 말을 마치자 사또는 기다렸다는 듯이 최종 판결을 내렸어요.

“이자가 진짜 옹 좌수다. 틀림없다!”

사또가 자기 손을 들어 주자 가짜 옹고집은 신이 나서 펄쩍펄쩍 뛰었어요. 그러고는 냅다 절을 올리며 머리를 조아렸어요.

"옹 좌수, 이리 가까이 와서 앉게나."

사또는 기생을 불러서 가짜 옹고집에게 술과 안주를 권하게 했어요.

"이 양반에게 술을 따라 드려라."

예쁘장하게 생긴 기생 하나가 다소곳이 인사를 하더니 술병을 들고 노래를 부르기 시작했어요.

"잡수시오, 잡수시오. 이 술 한잔 잡수시오. 이 술 한잔 잡수시면 천만년이나 살 것이오. 아니, 아니, 이건 술이 아니라오. 불로장생을 꿈꾸던 한 무제가 구리 쟁반을 만들어 하늘에서 이슬을 받은 것이라오. 쓰거나 달거나 상관없이 잡수시오."

가짜 옹고집은 흥에 겨워서 어깨춤을 덩실덩실 추었어요.

"하마터면 아까운 재산을 저놈에게 다 빼앗기고 이리 고운 미인에게 술도 못 얻어먹을 뻔하지 않았느냐."

가짜 옹고집은 기생이 연거푸 따라 준 술을 꿀꺽꿀꺽 들이켜며 세
상을 다 얻은 듯한 표정으로 껄껄 웃었어요. 사또에게 아첨하는 말
도 잊지 않았지요.

"지혜로우신 원님께서 흑백을 가려 주시니 이 은혜는 죽어 백골이
되어서도 잊지 못할 것입니다. 언제 저희 집에 한번 오시지요. 제
가 제대로 대접하겠습니다."

"허허, 나는 할 일을 했을 뿐이네. 그자는 염려 말게. 내가 알아서
처치해 줄 테니."

우쭐해진 사또는 우렁찬 목소리로 형방을 불러 옹고집을 끌고 나
오라고 지시했어요.

"옹가와 모습이 같다고 해서 도적의 마음을 품고 음흉하게 남의
재산을 빼앗으려고 하다니 너처럼 흉측한 놈은 머리털 나고 처음
보았다. 법에 따라 큰 벌을 주어야 마땅하지만 오늘은 맛있는 음
식과 좋은 술을 앞에 두었으니 특별히 보아주마. 여봐라, 이놈에
게 곤장 삼십 대를 쳐라."

말이 끝나기가 무섭게 형방이 달려들어 옹고집을 형틀에 묶었어
요. 옹고집은 버둥거리며 소리쳤어요.

"아니 사또, 왜 이러십니까? 곤장은 딱 한 대만 맞아도 골병이 든다는데, 삼십 대라니요!"

옹고집은 볼기를 맞기도 전부터 엄살을 부리면서 죽는소리를 했어요. 사또는 듣기 싫어 얼굴을 잔뜩 찌푸리면서 어서 매를 치라고 명령했어요.

"매우 치랍신다! 이놈, 네 죄를 네가 알렷다!"

"네 이놈, 어서 잘못을 실토하여라."

길고 넓적한 나무 막대기로 엉덩이를 두들겨 맞으니 어찌나 아픈지 살점이 뜯기고 뼈가 부러지는 듯했어요. 입에서는 절로 비명이 터져 나왔어요.

"아이고, 아이고! 나 죽소. 사, 사람 살려 주시오."

형방이 눈을 치켜뜨고 윽박지르며 물었어요.

"여전히 네가 옹가라고 할 것이냐?"

옹고집의 머릿속에는 여러 가지 생각이 스쳤어요. 살길을 찾는 대답을 떠올려야 했지요.

'만일 내가 진짜 옹가라고 주장하면 매질을 계속 당할 테고……
그러다 정신을 잃는 건 시간문제이고 심하면 맞아 죽을 수도 있겠어. 내 말을 믿는 이가 하나 없는데 지금 아무리 말해 봤자 무슨

소용인가. 훗날을 도모하려면 일단 목숨을 보전해야지!'

옹고집은 고개를 좌우로 내저으며 목청을 높였어요.

"네에? 무슨 말씀이십니까? 옹가라니요? 저는 옹가의 이응 자와
도 상관없는 몸입니다. 소인이 일찍 부모를 잃고 막되게 자라 동
서남북을 집으로 삼고 떠돌아다니다가 흉악한 버릇을 버리지 못
하고 옹 좌수님 댁에 갔나이다. 다시는 그러지 않을 테니 제발 불
쌍한 목숨 좀 살려 주십시오."

용서를 빌면서 살려 달라고 버둥대는 모습이 참으로 딱했어요.

"이제 그만 매질을 멈추어라."

아전들은 옹고집을 결박했던 밧줄을 풀어 주며 빈정댔어요.

"쯧쯧, 그렇게 바득바득 우기더니 결국 꼬리를 내리는구나. 아, 진
즉에 잘못을 시인했으면 좀 좋으냐?"

매질을 당한 옹고집은 몸을 가누지 못했어요. 비틀거리며 간신히
일어났지요.

형방은 아랑곳하지 않고 큰 소리로 분부했어요.

"사또께서 이놈을 멀리 데리고 가서 아무도 모르는 곳에 버려 놓
고 오라신다. 다시는 우리 마을에 발붙이지 못하도록 말이다."

지시가 떨어지자 관아에 속한 노비 군노와 심부름을 도맡아 하는

사령들이 벌떼처럼 한꺼번에 달려들어 옹고집을 끌고 갔어요. 옹고집의 상투를 잡아 휘휘 돌리면서 고을 밖으로 내쫓았지요. 한순간에 옹고집은 길바닥에 나앉는 신세가 되고 말았답니다.

신세가 뒤바뀐 두 사람

"얼씨구나, 좋을시고!"

송사에서 이긴 가짜 옹고집은 의기양양하게 노랫가락을 흥얼거리며 집으로 향했어요. 주먹을 쥐었다 폈다 하면서 손춤을 추는 모습이 무척 즐거워 보였어요.

집주인이 돌아왔다는 소식에 식솔들이 전부 달려 나와서 기쁘게 맞이했어요. 옹고집의 아내는 버선발로 뛰어나와서 남편 손을 어루만지며 반갑게 맞았지요.

"송사에서 이기셨군요."

"허허, 그리하였소."

"감축할 일입니다. 오늘 밤을 관아에서 뜬눈으로 새우실까 봐 마음을 졸였답니다."

"나를 걱정하느라 그새 얼굴이 반쪽이 된 것 같구려. 세간은 물론이고 하마터면 당신까지 놓칠 뻔했는데 슬기로운 원님 덕분에 부인 얼굴을 다시 보니 이렇게 좋은 일이 또 어디 있겠소. 불행 중 다행이오."

가짜 옹고집은 신이 나서 식구들에게 무용담을 늘어놓았어요. 관가에서 옹가의 호적을 줄줄 읊고 집안 살림을 낱낱이 설명한 과정을 떠벌렸지요.

"내가 그놈을 일벌백계(여러 사람의 본보기가 되도록 잘못한 이를 엄하게 벌하는 일)로 다스려 달라고 했더니 사또께서 고을 밖으로 내쫓아 주셨지 뭐요. 이제 두 다리 쭉 뻗고 잘 수 있게 되었소. 하하."

긴 하루가 그렇게 지나갔어요.

다음 날, 아침부터 마을 사람들이 옹고집의 집을 기웃거렸어요. 진짜와 가짜가 맞붙어 대결을 벌였다는 소문이 파다하게 퍼졌기 때문이지요.

뒤늦게 소식을 전해 들은 옹고집의 친구도 몇몇 찾아왔어요.

"자네, 어제 큰 곤란을 겪었다면서? 괜찮은가?"

"많이 놀랐을 텐데…… 멀쩡해 보여서 마음이 놓이는구려."

"별일일세, 별일이야. 살다 살다 이런 이야기는 처음 듣네. 어찌된 영문인지 알아보았는가?"

친구들은 이것저것 다 궁금해했어요. 가짜 옹고집은 빙그레 웃으며 천천히 말문을 열었어요.

"우리 집에 이 같은 변고가 왜 생겼을까 하고 내가 곰곰이 생각해 보았는데……."

"생각해 보았는데, 보았는데?"

모두 한목소리로 뒷이야기를 재촉했어요. 그러자 가짜 옹고집이 회한이 서린 목소리로 지난날을 반성했어요.

"병들고 나이 드신 어머니를 박대한 일이 마음에 걸리더군. 처자식 말은 귓등으로도 안 듣고 고집만 부린 것도, 또 형편이 어려운 일가친척이 간청해도 나 몰라라 하며 쌀 한 톨 내주지 않은 것도 말이지. 게다가 지나가는 스님들을 잡아다가 심술을 부리고 굶주려 구걸하는 거지들을 업신여겼으니……. 내 그동안 지은 죄가 커서 이런 일을 당한 게 아닌가 싶네."

친구들은 고개를 끄덕이며 한마디씩 했어요.

"맞아, 자네가 좀 심하기는 했지."

"이제라도 깨닫고 잘못을 뉘우쳤으니 다행일세."

"그래, 지금부터 착하게 살면 되지. 안 그런가?"

그날부터 가짜 옹고집은 재산을 아끼지 않고 좋은 일에 쓰기 시작했어요. 정성을 다해 어머니를 봉양하는 한편 일가친척과 하인들에게도 너그럽게 대했어요. 때때로 벗과 지인을 불러서 잔치를 베풀기도 했어요.

더없이 어질고 의롭고 예의 바르고 지혜롭게 행동하며 옹고집의 잘못을 바로잡았어요. 빈곤한 이웃에게 관심을 기울이는 선한 행보역시 꾸준히 이어 갔어요. 가짜 옹고집이 배를 곯아 곧 죽게 생긴 이들을 모두 구제한 덕분에 마을은 '사람을 구하여 살리는 동네'라는 뜻의 '활인동'이라는 별명이 생기기도 했답니다.

가짜 옹고집은 아내와도 더욱 다정하게 지냈어요. 두루미 한 쌍처럼 금슬이 아주 좋았지요.

어느 날 밤이었어요. 까무룩 잠이 든 부인은 신기한 꿈을 꾸었어요. 하늘에 무수히 많은 허수아비가 나타났는데 땅으로 떨어지는 족족 품속으로 포옥 안기는 것이었어요. 잠에서 깬 뒤에도 눈앞에서 벌어진 일처럼 아주 생생했어요.

'아이고, 망측해라. 해괴하게 허수아비를 품에 안는 꿈이라니!'

부인은 꿈자리가 뒤숭숭해서 벌떡 일어나 앉았어요. 아무리 생각해도 지난밤 꿈이 무슨 의미인지 알쏭달쏭하기만 했지요. 하는 수 없이 남편에게 해몽을 부탁하자 가짜 옹고집은 꿈풀이를 그럴듯하게 늘어놓았어요.

"허수아비는 원래 곡식이 잘 여문 황금빛 들판에 두는 것이잖소. 풍요로운 수확의 계절이라……. 이건 틀림없이 잉태를 뜻하는 꿈인 듯하오."

"잉태라면…… 태, 태몽이라는 말입니까?"

"그렇소. 아이를 밸 거라고 알려 주는 꿈이 분명하오."

부인은 뛸 듯이 기뻐했어요.

"아, 당신 말을 듣고 보니 정말 그럴 수도 있겠네요!"

그 꿈은 정말로 아기를 가질 징조였어요. 얼마 뒤, 부인에게 태기가 나타났지요. 부인은 아기를 기다리며 조심조심 지냈어요.

출산이 가까워진 어느 날, 진통을 느낀 부인이 서둘러 산파(아기를 낳을 때 산모를 돕고 아기를 받던 여성)를 불러들였어요. 부인은 산파의 도움을 받아 한껏 힘을 주어 아기를 쑤욱 낳았어요. 곧 방 안에 응애응애 아기 울음소리가 울려 퍼졌지요.

그런데 산모를 돕던 산파가 갑자기 외마디 비명을 질렀어요.

"어이쿠, 이게 무슨 일이람?"

도무지 믿을 수 없는 일이 눈앞에 벌어졌어요. 개구리가 알을 낳듯 돼지가 새끼를 낳듯 부인에게서 아기가 셀 수 없이 나오는 것이었어요. 하나 둘 셋 넷…… 태어난 아기는 모두 열두 명이었어요. 산파로 일한 세월 동안 이런 일은 처음이었어요.

"무슨 일이긴요. 경사지요. 많을수록 좋은 것이 자식이랍니다."

부인은 크게 기뻐했어요. 힘든 줄도 모르고 아이들을 정성껏 길렀지요. 가짜 옹고집도 자식들을 아끼고 사랑하며 즐거운 나날을 보냈답니다.

옹고집의 신세는 정반대였어요. 멀리 쫓겨나서 나그네처럼 정처 없이 떠돌았어요. 마땅히 갈 데가 없으니 남쪽으로 난 길을 따라 하염없이 걷다가 다시 발길을 돌려 북쪽 방향으로 헤매고 다니기를 반복했지요. 날이 갈수록 몰골이 초췌하고 꾀죄죄해져서 영락없는 거지꼴이었어요.

옹고집은 온종일 굶어서 허기지면 밥을 빌어먹으려고 마을 쪽으로 발걸음을 옮겼어요. 하지만 그럴 때마다 음식을 얻기는커녕 문전박대를 당하기 일쑤였지요. 누가 옹고집을 딱하게 여겨서 도와주기

라도 할라치면 이웃들이 앞을 막아서며 말렸어요. 가는 곳마다 사람
들이 하는 말은 똑같았어요.

"천하의 몹쓸 놈이 남의 재물을 탐내다가 저 지경이 되었는데 불
쌍하긴 뭐가 불쌍합니까? 밥도 주지 말고 잠도 재워 주지 말고 절
대로 도와주지 맙시다!"

일가친척 역시 아무도 반기지 않았어요.

"옹 좌수네 쳐들어가서 자기가 진짜라고 우기며 장난질하던 녀석
이 여기가 어디라고 발을 들이느냐? 썩 물러가거라."

아무리 아니라고 말해도 모두 귀를 막고 듣지 않으려고 했어요.
답답한 마음에 긴 한숨이 흘러나왔지요.

"휴우……, 나는 내가 나인 걸 아는데 남들은 왜 몰라볼까?"

며칠 동안 배를 곯은 옹고집은 염치 불구하고 친척 형님 집에 찾
아갔어요.

"형님, 제가 참말 옹고집입니다. 먹을 것 좀 주시오. 사흘을 굶었
더니 눈앞이 뱅글뱅글 돌고 머리가 어질어질한 것이……."

형님은 옹고집을 보자마자 쏜살같이 부엌에 들어가 부지깽이를
들고 나왔어요.

"허허, 낯짝이 이만저만 두꺼운 게 아니구나. 그래, 네가 진짜라고

치자. 그럼 똑똑히 기억할 것이다. 지난해 봄에 내가 곡식을 빌리러 갔을 때 네놈이 뭐라고 했는지 말이다. 연못의 금붕어에게 먹일 밥은 있어도 나한테 꿔어줄 쌀은 없다며?"

"아이고, 형님. 철없이 한 말을 마음에 담아 두고 계십니까? 아무거나 좋으니 먹을 것 좀……. 사람 나고 돈 났지 돈 나고 사람 난 것은 아니잖습니까?"

"응, 말 잘했다. 네가 돈만 밝혔지, 언제 사람을 중히 여긴 적이 있느냐? 이게 다 인과응보다, 인과응보!"

화가 난 친척 형님은 부지깽이를 사정없이 휘둘렀어요. 허둥지둥 대문 밖으로 도망친 옹고집은 골목 모퉁이를 돌다가 똥장군을 지고 가던 사람과 부딪쳤어요. 출렁거리던 똥물이 옹고집 위로 왈카닥 쏟아졌어요. 똥 냄새가 퍼지자 온 마을 똥개들이 왕왕 짖으며 옹고집을 둘러쌌어요. 마을 아이들도 우르르 몰려와서 낄낄 웃어 댔어요. 똥물을 뒤집어쓴 옹고집은 울상을 지었답니다.

옹고집은 천대받는 일에 지쳐 인적이 드문 곳으로 떠나기로 결심했어요. 짚신을 신고 조롱박 바가지를 허리춤에 차고선 대나무 지팡이에 의지해 산속으로 들어갔지요.

하지만 얼마 지나지 않아서 크게 후회했어요. 배가 고프고 길이

험해 고생이 이만저만이 아니었어요. 발바닥에 물집이 잡히고 팔이 나무 가시에 긁혀서 쓰리고 아팠어요. 강퍅한 성미가 한풀 꺾이고 나니 마음이 점점 약해졌어요.

어느 날 밤이었어요. 한데서 잠을 자려고 누웠는데 설움이 밀려왔어요. 가족이 몹시 그리웠어요. 슬픔이 복받치고 눈물이 주르륵 흘러내렸지요.

"아이고, 아이고. 내 신세가 어쩌다 이리되었을꼬. 처량하기 짝이 없구나. 나 같은 놈은 죽어도 싸. 아암, 그렇고말고."

옹고집은 가슴을 탕탕 두드리며 꺼이꺼이 서럽게 울었답니다.

깨닫고 뉘우치고

'콱 죽어 버릴까?'

하루에도 열두 번씩 이런 마음이 들었지만 옹고집은 그럴 수 없었어요. 가족이 보고 싶었기 때문이에요.

"우리 어머니가 살면 얼마나 더 사시겠어? 이제라도 마음을 다해서 모시고 싶은데 무슨 좋은 수가 없을까?"

자기가 집을 비운 동안 어머니가 돌아가실지도 모른다고 생각하니 가슴이 찌르르 저렸어요.

"어여쁜 아내도 눈앞에 어른거리네그려. 달밤에 인연을 맺고 해와 달로 증인을 삼아서 평생 함께하기로 맹세했는데 독수공방(남편 없이 아내 혼자 지내는 것)하게 만들다니. 홀로 누워 이리 뒤척이고 저리 뒤척이면서 외로움에 잠 못 드는 건 아니겠지? 근심하지 말고 편히 지내야 할 텐데……."

어머니와 아내를 향한 사랑이 어찌나 절절한지 완전히 다른 사람이 된 것처럼 보였어요. 자식을 그리워하는 심정도 깊어만 갔어요.

"흑흑, 우리 아이들도 보고 싶다. 품에 안고 어르며 애지중지 키웠건만 이렇게 생이별하다니 너무 가혹하구나. 이게 꿈인지 생시인지. 아, 꿈이면 깨어나면 좋으련만. 섬마둥둥 내 사랑……."

옹고집은 자식들에게 불러 주던 노래를 흥얼거렸어요. 때마침 꽃 피는 삼월이어서 온갖 산새들이 짝을 지어 날아들었어요. 귓가에 맴도는 소쩍새의 지저귐에 눈물이 핑 돌았어요. 그 울음소리가 '불여귀거(不如歸去)'라고 들렸는데, 그건 '집으로 돌아가는 게 낫다.'는 뜻이랍니다.

옹고집은 슬픔에 잠겨 허공을 멍하니 바라보았어요. 그런데 언제 나타났는지 모를 희끄무레한 형체가 눈앞에 어른거렸어요.

'정처 없이 떠돌아다니니 이제는 허깨비가 다 보이는구나!'

옹고집은 눈을 비비며 크게 떠 보았어요. 저 앞에 있는 것이 분명 헛것은 아니었어요.

"거, 거기 뉘십니까?"

자세히 보니 하얗게 센 수염이 발끝까지 길게 늘어진 늙은 대사가 높은 절벽에 꼿꼿이 앉아 있었어요. 명아줏대로 만든 지팡이를 옆에 끼고 키 작은 소나무 가지를 휘어잡은 채 말이지요. 대사는 모든 일을 다 알고 있다는 듯이 말문을 열었어요.

"이제 와서 후회한들 무슨 소용이 있겠느냐? 네가 잘못해서 하늘이 내린 벌인데 누구를 원망하고 누구를 탓하겠느냐? 남 탓할 것 없느니라."

옹고집은 잠자코 귀를 기울였어요. 구구절절 맞는 소리어서 순순히 수긍할 수밖에 없었지요. 대사가 밀을 마치자 옹고집은 황급히 다가가 손을 모으고 공손하게 절했어요.

"잘못했습니다. 제가 지은 죄를 생각하면 천 번 만 번 죽어도 마땅합니다. 하지만 조금만 불쌍히 여기시어 제발 살려 주십시오. 늙고 병드신 어머니, 사랑하는 아내와 자식들을 만나는 게 소원입니다. 멀리서라도 괜찮습니다. 딱 한 번만 볼 수 있다면 땅에 묻혀도 여한이 없겠습니다. 넓은 아량을 베풀어 주십시오."

옹고집의 목소리에는 진심이 잔뜩 묻어났어요. 애걸하는 모습을 가만히 지켜보던 대사는 옹고집에게 다짐을 받아야겠다는 생각에 단단히 일렀어요.

"천지에 다시없을 이 몹쓸 놈아. 늙은 어머니를 차디찬 냉골에 두고 구박하는 아들은 세상천지 너밖에 없을 것이다. 스님들을 욕보이고 능멸하는 너같이 못된 놈은 네 말대로 죽어야 마땅하다.”

“네. 대사님 말씀이 옳습니다.”

“하지만 네가 잘못을 깊이 뉘우치는 데다 집에 있는 처자식이 불쌍하니 이번 한 번만 봐주마. 돌아가서는 착하게 살아라.”

“아이고, 감사합니다! 대사님.”

이제야 살았다는 표정으로 넙죽 절을 하는 옹고집에게 대사가 엄한 목소리로 말했어요.

“집으로 돌아가기 전에 해야 할 일이 있느니라.”

대사가 주문을 외우자 주위가 환해지더니 휘이잉 거센 바람과 함께 스님들이 나타났어요. 전부 옹고집이 괴롭혔던 스님들이었지요.

옹고집은 화들짝 놀랐어요. 스님 한 명 한 명과 눈을 마주칠 때마다 그동안 자신이 했던 행동이 눈앞에 생생하게 보였어요. 지금 막 일어나는 일처럼 말이에요. 지나가던 스님을 살금살금 쫓아가서는 다리를 걸어 자빠뜨리고, 시주를 받으러 온 스님을 사랑 대청에 엎어 놓고는 곤장으로 볼기를 치고, 어떤 스님에게는 욕하고 발길질하고, 또 다른 스님에게는 침을 뱉고 옷을 빼앗고……. 옹고집의 악행은 끝도 없이 이어졌어요.

'내가 못된 짓을 이리도 많이 했구나!'

옹고집은 쥐구멍에라도 숨고 싶은 심정이었어요. 자기가 넘어진 것처럼 무릎이 얼얼하고 매를 맞은 것처럼 엉덩이가 화끈거렸지요.

"스님들, 입이 열 개라도 드릴 말씀이 없습니다. 죽을 죄를 지었습니다. 다시는 그러지 않겠습니다."

옹고집은 진심으로 반성했고 스님들은 고개를 끄덕이며 사과를 받아 주었어요. 옹고집이 마음을 고쳐먹고 새사람이 되겠다고 거듭 약속하자, 대사는 그제야 부적 한 장을 써 주었어요.

"이걸 몸에 붙이고 집에 돌아가면 신비한 일이 벌어질 것이다."

"고, 고맙습니다!"

옹고집이 감격하여 또다시 넙죽 엎드려 절을 하고 고개를 드니 대사와 스님들은 감쪽같이 사라지고 없었어요. 온 사방에 고운 산새 소리만 가득했어요.

그리운 집으로

옹고집은 그리운 가족을 만날 수 있다는 기쁨에 겨워 한달음에 집으로 달려갔어요. 집 앞에 도착해 주변을 둘러보니 모든 것이 예전 그대로였어요. 옹고집은 가슴이 뭉클했어요. 담장 안 연못에 화사하게 핀 붉은 빛깔 연꽃도 집주인을 알아보고 반기는 듯했어요.

"그래. 영산홍아, 잘 있었느냐. 자산홍아, 별일 없었지?"

행복하게 살던 집에 돌아오니 기필코 제자리를 되찾아야겠다는 결심이 섰지요. 옹고집은 대사가 준 부적을 가슴팍에 척 붙이고 옷자락을 단단히 여몄어요. 그러고는 한껏 힘주어 외쳤어요.

"가소롭구나, 이 가짜 녀석아. 아직도 네가 옹가라고 할 게냐?"

이 소리를 듣고 행랑채 마당을 쓸던 돌쇠가 질색하면서 헐레벌떡 뛰어왔어요.

'산속에서 맹수 밥이 된 줄 알았더니 죽지 않고 살아 있네. 아니, 명줄이 왜 이리 긴 게야.'

돌쇠는 옹고집이 다시 나타난 것이 진심으로 싫은 눈치였어요. 사랑채로 잽싸게 달려가 바깥주인을 불렀지요.

"좌수님, 좌수님. 좀 나와 보십시오. 저놈이 하늘이 무섭지도 않은지 천벌을 받으려고 또 나타났습니다."

하지만 방에서는 아무런 대답이 들리지 않았어요.

"아, 좌수님. 이 일을 어찌하면 좋을지 쇤네에게 알려 주십시오."

아무리 불러도 기척이 없자 돌쇠는 방문을 조심스레 열었어요.

아, 그런데 이게 웬일일까요? 사랑방에 있어야 할 주인은 온데간데없이 사라지고 볏짚 한 단만 가지런히 놓여 있었어요. 옹고집이 입었던 때깔 좋은 저고리를 두른 채 말이에요. 가짜 옹고집과 부인 사이에서 태어난 아이들도 모두 허수아비로 변했어요.

집 안에 있던 이들은 어이없는 상황에 얼떨떨해하며 실소를 터뜨렸어요. 가장 놀란 사람은 부인이었어요. 비명을 지르며 바닥에 털썩 주저앉고 말았지요.

"에구머니나!"

옹고집은 부인에게 다가가며 말했어요.

"아이고, 마누라. 그새 허수아비 자식을 저렇게 많이 낳았단 말이오? 가짜 남편인 줄도 모르고 하하 호호 좋아하면서 한 상에서 밥을 먹고 이야기도 정겹게 나누고…… 그랬군그래."

부인은 묵묵부답했어요. 기가 막혀서 아무 말도 할 수 없었어요. 이 방 저 방을 돌아다니며 열두 아이들을 차례로 살펴보았지요.

'아이고, 이게 무슨 일이야? 이리 보아도 허수아비, 저리 보아도 허수아비, 아무리 자세히 들여다보아도 허수아비가 분명하잖아.'

부인은 진짜 남편이 돌아와서 반갑기도 하고 그동안 가짜 남편이랑 산 일이 부끄럽기도 해서 어찌할 바를 몰라 했어요.

"저기…… 그, 그간 어떻게 지내셨습니까?"

어렵게 입을 뗀 아내에게 옹고집은 그동안 겪은 일을 들려주었어요. 죄를 뉘우치고 대사님께 빌어 용서를 받은 것까지 말이에요.

"가는 곳마다 문전박대를 당해 정처 없이 떠돌아다녔소. 그렇지만 산나물을 캐 먹고 열매를 따 먹으며 근근이 버틴 덕분에 이렇게 다시 식구들을 만날 수 있게 됐구려!"

옹고집은 집으로 돌아온 게 너무나 기뻐서 감정이 북받쳐 올랐어요. 아내는 고생한 남편을 위해 따뜻한 밥상을 차렸어요. 집밥을 맛있게 먹은 옹고집은 오랜만에 꿀잠을 잤답니다.

집과 가족을 되찾은 옹고집은 대사의 술법에 감탄했어요. 대사가 당부한 말을 반드시 지켜야겠다고 마음먹었지요. 그래서 그날부터 효도하는 일을 게을리하지 않았어요.

"이것 좀 드셔 보세요, 어머니. 닭 한 마리를 푹 삶았습니다."

"아이고, 맛이 좋구나. 꿀맛이다, 꿀맛!"

어머니는 아들의 효심에 눈물이 났어요. 병색이 완연하던 얼굴에는 건강한 혈색이 돌았지요. 식구들은 더없이 화목하게 지냈어요.

옹고집은 불도를 공경하는 일에도 앞장섰어요. 마을을 지나가는 스님을 보면 집으로 모셔 와 맛있는 음식을 대접하고 시주도 넉넉하게 했어요.

"스님, 쌀 한 자루 가져가시지요. 여봐라, 짐이 무거우니 절까지 짊어다 드려라."

"고맙소이다. 이렇게 인심을 후하게 쓰니 앞으로 자자손손 복을 받을 겁니다."

달라진 옹고집의 모습에 스님들은 물론 마을 사람들도 마음을 활짝 열었어요. 모두 지난날의 잘못을 뉘우치고 착하고 올바르게 살려고 노력하는 옹고집을 따르며 존경했지요.

"늘 나누고 베풀어 주시니 우리 옹 좌수 어르신만큼 어진 분이 또 있을까요?"

"가짜가 사람 만들었어. 아니 지금은 가짜보다 백배 낫지!"

"맞아요. 완전히 딴사람이 되셨다니까요."

옹고집은 어머니와 아내, 자식들은 물론이거니와 집안의 하인들까지 누구 하나 빠짐없이 다정히 챙기면서 화목한 가정을 꾸려 나갔어요. 백팔십도 달라진 옹고집 덕분에 옹진골 옹당촌에는 봄볕처럼 따스한 기운이 가득했어요. 날마다 웃음꽃이 피고 오가는 사람들 사이에서는 재미있는 이야기 열매가 수렁주렁 열렸답니다.

〈옹고집전〉은 언제 만들어졌을까?

옛이야기를 연구하는 사람들은 〈옹고집전〉이 조선 시대 후기 소설이라고 짐작해요. 〈옹고집 타령〉이라는 이름의 판소리로 사람들 사이에서 유행한 것으로 보이는데 지금은 소리는 물론 활자본이나 목판본이 남아 있지 않고 필사본만 전해져요. 지은이 역시 알려지지 않았어요.

〈옹고집전〉은 다른 판소리계 소설과 달리 첫 장부터 집 안팎 풍경을 구체적으로 자세히 묘사하는 장면이 나와요. 살림살이가 화려하다는 것을 왜 이렇게 장황하게 설명했을까요? 아마도 시대적 배경을 담으려는 의도였을 거예요. 그때는 가난할수록 더욱 궁핍해지고 재산이 많을수록 큰 부자가 되는 빈익빈 부익부가 발생했거든요.

조선 후기에는 양반 중심의 신분 질서가 흔들렸어요. 세도 가문이 나랏일을 좌지우지하면서 조정이 어수선했고 부정부패를 일삼는 사람들이 많았어요. 돈으로 벼슬을 사고 지위가 높아질수록 악독하고 파렴치하게 구는 일이 빈번했어요. 신분을 높이는 데 재물을 들인 것이 아까워 백성들을 괴롭혀 자기 주머니를 채운 것이지요. 여러 가지 구실을 만들어서 터무니없이 세금을 많이 거두어들이는가 하면 강제로 돈을 빼앗기도 했어요. 조세 제도인 삼정이 문란해지면서 일반 평민들

은 곤란을 겪었답니다.

이 시기에는 상업이 활발해지고 화폐 경제가 발달하면서 신흥 부호가 등장했어요. 부를 추구하는 것을 최고의 가치로 삼고 '돈이면 다 된다.'는 생각으로 인정을 저버리는 졸부 근성이 나타났지요. 이런 사회적 분위기를 틈타 탐욕스럽게 재산을 불려 나가는 이들이 없지 않았어요. 옹고집처럼 말이에요. 이웃이 먹을 것이 부족해 고생해도 곡식을 나누어 주기는커녕 굶어 죽으라고 노래를 부르는 못된 심보였지요. 〈옹고집전〉은 탐관오리가 판을 치고 부자들이 부와 지위를 악용해 백성들을 못살게 굴던 시대 상황을 잘 보여 준답니다.

백성을 괴롭힌 삼정이란 무엇일까요?

전정

토지를 소유한 사람이 내는 세금이에요. 해마다 풍흉에 따라 과세의 규모를 정했는데 이 원칙이 끝까지 잘 지켜진 것은 아니에요. 조선 후기에는 땅 주인이 자기가 내야 할 세금을 소작농에게 떠넘기는 일이 빈번했어요. 가진 땅이 없어 지주에게 토지를 빌려 농사를 짓는 농민에게는 어처구니없는 일이었지요. 게다가 가뭄과 홍수가 지독해 흉년이 들어도 세금을 그대로 물렸기 때문에 가난한 백성들의 고통이 이만저만 큰 것이 아니었어요.

군정

16세 이상 60세 미만의 평민 남자가 군대에 가는 대신 내는 세금으로 군포 1필을 해마다 내야 했어요. 그런데 돈을 주고 벼슬을 사거나 호적을 고친 평민, 다시 말해 가짜 양반이 대폭 늘면서 군정을 내는 인원이 확 줄었지요. 마을마다 할당량이 정해져 있으니 그야말로 난감한 일일 수밖에 없었어요. 그래서 이제 막 태어난 아기나 오래전에 돌아가신 분에게도 군정을 징수했어요. 결국 한 사람이 여러 사람 몫의 군포를 마련해야 하는 어려움이 발생했지요. 납세하지 못하면 일가친척에게 책임을 지우기도 했답니다.

환곡

봄에 곡식을 빌려주었다가 가을에 이자를 더해 갚도록 하는 제도예요. 지난해 수확해 보관한 묵은 곡식이 다 떨어져 바닥을 보이고 보리는 아직 여물지 않아 먹을 것이 부족한 보릿고개에 백성들의 식량 사정을 헤아려 주자는 좋은 취지에서 출발했지요. 그런데 이를 악용하는 탐관오리가 늘면서 그 의미가 퇴색했어요. 빌려줄 때는 쌀겨나 지푸라기, 모래 등을 섞어 양과 무게를 속이고 거두어들일 때는 벼를 가득 채우게 했으니 보통 횡포가 아니었답니다. 괜찮다는 백성에게 억지로 가져가게 하기도 하고, 꾸어 주지도 않았으면서 가짜 장부를 만들어 와서는 이자를 거두어 가기도 했어요. 그러니 새사람이 된 옹고집처럼 누군가 곡식을 나누어 주면서 인심을 베풀면 이웃들은 정말 기뻤을 거예요.

〈옹고집전〉이 인기가 많았던 까닭은 무엇일까?

착하게 살면 복을 받고 악하게 굴면 벌을 받는 것이 당연하지만 늘 그런 것은 아니에요. 조선 후기에는 남을 괴롭히고도 잘 먹고 잘사는 사람들이 많았으니까요. 가진 것 없이도 선하게 살던 백성들은 몹시 분하고 원통했을 것이 분명해요. 그러니 못된 옹고집이 곤란을 겪는 장면은 이야기를 접하는 이들에게 통쾌함을 선물했을 거예요. 악행을 일삼던 진짜 옹고집이 가짜로 몰려서 매를 맞고 내쫓기는 장면을 감상하면서 속이 시원했겠지요. "옹가야, 억울하냐? 이제 우리 심정을 이해하겠지?" 하면서 좋아했을지도 몰라요. 〈옹고집전〉 이본 가운데 하니인 김심불 교주본의 마지막 부분이 어떻게 끝나는지 살펴볼까요?

> 대저 이 책은 사람을 훈계한 책이니 보는 사람이 무론 남녀 하고 부모께 효성하고 남에게 적선할지니 만일 적선 효성 아니면 옹고집의 처음 마음과 같을지라 천작얼은 유가위어니와 자작얼은 불가활이라 하니 보는 사람 명심 명심하여 부대 부대 효성으로 하라.

위 내용을 요즘 우리가 쓰는 말로 풀이해 볼게요.

> 〈옹고집전〉은 읽는 사람을 타일러서 잘못하지 않도록 주의를 주려고 쓴 책이에요. 남녀노소를 막론하고 마음을 다해 부모님을 정성껏 섬기고 이웃을 보살피고 좋은 일도 많이 해야 하지요. 만일 그렇게 하지 않으면 옹고집이 처음 보였던 못된 모습과 다를 바가 없어요. 천작얼(天作孽) 유가위(猶可違) 자작얼(自作孽) 불가활(不可活). 하늘이 내리는 재앙은 피할 수 있지만 스스로 만든 재앙은 피할 수 없어요. 〈옹고집전〉을 읽는 사람은 이 말을 마음에 깊이 새겨 반드시 착하게 살아야 합니다.

착한 것을 권하고 악한 것을 벌하는 권선징악(勸善懲惡)은 조선 후기에 꼭 필요한 정서였어요. '옹고집처럼 못되게 살다가는 벌을 받는다.', '개과천선(改過遷善)해서 지난날의 잘못을 뉘우치고 허물을 고치며 착하게 살아야 한다.'는 주제는 아무리 강조해도 지나침이 없었지요. 그러니 〈옹고집전〉의 인기가 높았을 수밖에요. 지금도 이런 이유로 독자에게 널리 사랑받는답니다.

옹고집은 왜 스님을 괴롭혔을까?

고려 시대에는 불교의 위상이 아주 높았어요. 왕이 곧 부처라고 생각했기 때문에 종교 이상의 의미를 지녔지요. 국가가 나서서 불교 편을 들면서 감싸고 보호했다고 해도 과언이 아니에요. 사찰과 승려는 특혜를 엄청나게 누리면서 재산을 늘릴 수 있었어요. 토지를 소유하는 건 물론이고 비싼 이자를 받고 돈을 빌려주는 일도 비일비재했어요. 부패와 비리의 온상이 된 것이지요. 부자가 된 절과 승려를 바라보는 시선은 당연히 곱지 않았답니다.

조선 시대에 들어서는 새로운 유학인 성리학을 받아들인 신진 사대부가 나서서 숭유억불(崇儒抑佛) 정책을 펼쳤어요. 유교를 숭상하고 불교를 억압한다는 뜻이에요. 승려를 천민으로 대우하는 바람에 불교의 위상은 점점 떨어졌고 교세 역시 하루가 다르게 약해졌어요. 나라에서 사찰이 소유한 땅과 노비를 국가 재정으로 도로 거두어들여서 경제적으로도 가난해졌지요. 그러니 집마다 다니며 동냥할 수밖에 없었어요.

옹고집이 시주받으러 온 승려를 홀대한 장면은 이런 시대 상황을 사실적으로

반영했다고 할 수 있어요. 불심이 돈독해 승려들을 흔쾌히 돕는 경우도 있었지만 일은 전혀 하지 않으면서 마을 사람에게 돈이나 음식을 얻어 가서 생활하는 승려를 좋지 않게 생각하는 이들도 많았어요.

학 대사는 왜 가짜 옹고집을 만들었을까?

〈옹고집전〉은 진가쟁주 설화에 바탕을 두고 있어요. 사자성어 '진가쟁주'는 참 진(眞), 거짓 가(假), 다툴 쟁(爭), 주인 주(主)로 구성된 말로, 진짜와 가짜가 서로 자기가 주인이라며 다툰다는 의미예요. 진짜보다 더 진짜 같은 가짜를 소개하거나 현실처럼 생생한 가상에 관해 설명할 때 이 표현을 쓰기도 하지요.

진가쟁주를 다룬 가장 대표적인 이야기는 쥐 둔갑 설화예요. 옛날 어느 마을에 한 선비가 살았어요. 그에게는 고약한 습관이 하나 있었지요. 손톱과 발톱을 자르면 아무 데나 함부로 휙 버리는 게 버릇이었어요. 부모님과 아내가 그러지 말고 잘 싸서 버리라고 말렸지만 귓등으로 들었어요. 그런데 이게 웬일이에요? 선비가 손발톱을 잘라 버릴 때마다 그 집 생쥐가 그걸 주워 먹었지 뭐예요.

그러기를 여러 달, 어느 날 그 쥐가 선비로 변신해 나타났고 집안은 발칵 뒤집혔어요. 그의 가족은 옹고집 식구들이 그랬던 것처럼 누가 진짜 내 남편인지, 누가 진짜 아버지인지 가려내지 못했지요. 결국 고을 사또에게 판결해 달라고 부탁했어요. 재판은 가짜의 승으로 끝났고 진짜 선비는 집에서 쫓겨나고 말았어요. 그는 옹고집처럼 정처 없이 떠돌면서 온갖 고생을 하다가 어디선가 나타난 대사를 만났지요. 대사는 그에게 고양이 한 마리를 건넸어요.

선비는 선물을 받아 들고 집으로 돌아갔어요. 다음 장면은 상상이 되지요? 고양

이가 가짜 선비에게 달려들어 목덜미를 꽉 깨물었고 피를 흘리며 쓰러진 가짜 선비는 다시 커다란 쥐로 변했어요. 진짜 선비는 주인 자리를 되찾았답니다. 이야기는 여기서 끝나지만, 그 뒤로 선비가 손톱과 발톱을 자를 때마다 뒤처리를 얼마나 깔끔하게 했을지 짐작이 되고도 남아요.

　학 대사가 지푸라기로 가짜 옹고집을 만든 이유는 쥐 둔갑 설화의 주제와 일맥상통해요. 가짜를 내세워서 진짜가 자기 말과 행동을 스스로 돌아보게 만드는 것이지요. "똑바로 살아라."라는 메시지를 전하고 "그래, 이제부터 착하게 살아야겠어!" 하고 결심하도록 이끈답니다.

〈옹고집전〉과 비슷한 설화도 있어요!

장자못 이야기는 〈옹고집전〉의 근원 설화로 불려요. 자기 집에 찾아온 스님을 박대하는 옹고집처럼 장자못 설화에도 마음씨 고약한 부자가 주인공으로 등장해 스님에게 심술을 부리거든요.

옛날에 돈은 많지만 인색하고 포악하기로 소문난 장자라는 영감이 살았어요. 하루는 이 양반이 외양간을 치우는데 근처 절에서 스님이 내려와 시주해 달라고 청했지요. 성격이 사나운 구두쇠 장자는 스님이 내민 큰 주머니에 쇠똥을 잔뜩 퍼 주었어요. 스님은 아무 말 없이 냄새나는 똥 덩어리를 받아 들고 집을 나섰지요.
부엌에서 저녁을 짓다가 이 장면을 본 장자의 며느리는 깜짝 놀라서 달려 나갔어요. 예를 갖추어 잘못을 빌고는 쌀을 건넸지요.
"스님, 제 시아버지의 무례를 부디 용서해 주십시오."
포악한 장자의 집에 곧 재앙이 닥칠 것을 알았던 스님은 착한 며느리를 구해야겠다고 생각했어요.
"나를 따라오십시오. 단, 무슨 소리가 들려도 절대로 뒤를 돌아보아서는 안 됩니다."
장자의 며느리는 고개를 끄덕이며 다짐을 거듭하고 스님을 쫓아 산을 올랐어요. 얼마쯤 갔을까 별안간 하늘이 갈라지는 듯 번개가 번쩍하더니 땅이 쪼개지는 듯 천둥소리가 났어요.
그 순간 며느리는 마당에 널어놓은 빨래를 떠올렸어요. 자기도 모르게 뒤를 돌아보고 말았지요. 금기를 깨뜨린 며느리는 그 자리에서 돌로 변하고 스님을 함부로 대한 장자의 집은 물벼락을 맞아서 커다란 연못이 되었답니다.